共和国故事

富饶油海

——克拉玛依油田开发与建设

郑明武 编写

吉林出版集团股份有限公司

图书在版编目（CIP）数据

富饶油海：克拉玛依油田开发与建设/郑明武编. ——

长春：吉林出版集团股份有限公司，2009. 12

（共和国故事）

ISBN 978-7-5463-1870-7

Ⅰ. ①富… Ⅱ. ①郑… Ⅲ. ①纪实文学 – 中国 – 当代 Ⅳ. ①I25

中国版本图书馆 CIP 数据核字（2009）第 237790 号

富饶油海——克拉玛依油田开发与建设

FURAO YOUHAI　　KELAMAYI YOUTIAN KAIFA YU JIANSHE

编写　郑明武

责任编辑　祖航　息望　林琳

出版发行　吉林出版集团股份有限公司

印刷　三河市嵩川印刷有限公司

版次　2010 年 1 月第 1 版　　　　2022 年 1 月第 8 次印刷

开本　710mm×1000mm　1/16　　　印张　8　字数　69 千

书号　ISBN 978-7-5463-1870-7　　　定价　29. 80 元

社址　吉林省长春市福祉大路 5788 号

电话　0431 – 81629968

电子邮箱　tuzi8818@126. com

版权所有　翻印必究

如有印装质量问题，请寄本社退换

前　言

　　自 1949 年 10 月 1 日中华人民共和国成立至今,新中国已走过了 60 年的风雨历程。历史是一面镜子,我们可以从多视角、多侧面对其进行解读。然而有一点是可以肯定的,那就是,半个多世纪以来,在中国共产党的领导下,中国的政治、经济、军事、外交、文化、教育、科技、社会、民生等领域,都发生了深刻的变化,中国人民站起来了,中华民族已屹立于世界民族之林。

　　60 年是短暂的,但这 60 年带给中国的却是极不平凡的。60 年的神州大地经历了沧桑巨变。从开国大典到 60 年国庆盛典,从经济战线上的三大战役到经济总量居世界第三位,从对农业、手工业、资本主义工商业的三大改造到社会主义市场经济体制的基本确立,从宜将剩勇追穷寇到建立了强大的国防军,从废除一切不平等条约到独立自主的和平外交政策,从"双百"方针到体制改革后的文化事业欣欣向荣,从扫除文盲到实施科教兴国战略建设新型国家,从翻身解放到实现小康社会,凡此种种,中国人民在每个领域无不留下发展的足迹,写就不朽的诗篇。

　　60 年的时间在历史的长河中可谓沧海一粟。其间究竟发生了些什么,怎样发生的,过程怎样,结果如何,却非人人都清楚知道的。对此,亲身经历者或可鲜活如昨,但对后来者来说却可能只是一个概念，对某段历史的记忆影像或不存在，或是模糊的。基于此，为了让年轻人，特别是青少年永远铭记共和国这段不朽的历史，我们推出了这套《共和国故事》。

《共和国故事》虽为故事，但却与戏说无关，我们不过是想借助通俗、富于感染力的文字记录这段历史。在丛书的谋篇布局上，我们尽量选取各个时代具有代表性或深具普遍意义的若干事件加以叙述，使其能反映共和国发展的全景和脉络。为了使题目的设置不至于因大而空，我们着眼于每一重大历史事件的缘起、过程、结局、时间、地点、人物等，抓住点滴和些许小事，力求通透。

历史是复杂的，事态的发展因素也是多方面的。由于叙述者的视角、文化构成不同，对事件的认知或有不足，但这不会影响我们对整个历史事件的判断和思考，至于它能否清晰地表达出我们编辑这套书的本意，那只能交给读者去评判了。

这套丛书可谓是一部书写红色记忆的读物，它对于了解共和国的历史、中国共产党的英明领导和中国人民的伟大实践都是不可或缺的。同时，这套丛书又是一套普及性读物，既针对重点阅读人群，也适宜在全民中推广。相信它必将在我国开展的全民阅读活动中发挥大的作用，成为装备中小学图书馆、农家书屋、社区书屋、机关及企事业单位职工图书室、连队图书室等的重点选择对象。

编　者
2010 年 1 月

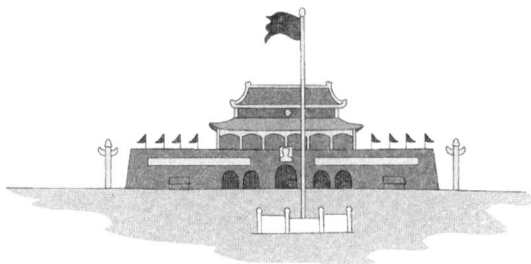

一、 开发筹划

● 王震看着风尘仆仆的钱萍，便大声地问：
　"才去了几天嘛，怎么这么快就跑回来了?"

● 一位干部对钱萍说："目前，技术工人也很
　紧缺，仅靠学校分配远远不够。从地方招
　收，又顾虑很多问题。"

老油矿迎来解放喜获新生

1949 年 9 月 20 日，彭德怀主持召开了西北军政委员会第一次全体会议。

此次会议的工作报告认真分析当时的各种形势后，明确指出：

> 目前，西北地区的工作任务之一，是尽快恢复新疆独山子油矿的炼油生产，并要加强生产中的组织性和计划性，努力提高成品油的产量。

不久，彭德怀向中国人民解放军第一野战军第一兵团发出进军新疆的命令。

命令指出：

> 新疆是中华人民共和国最大的省份，石油及其他矿产资源极为丰富，对发展国民经济、巩固国防有着极其重大的意义……

确如彭德怀命令所说，新疆地区幅员辽阔，地域宽广，既有茫茫沙海，又有无垠戈壁。天山脚下，水草茂盛，牛羊肥壮。

而蛰伏在地层深处的富饶的石油矿产资源，更给这片富饶美丽的土地平添了神秘的色彩。

早在 19 世纪末期，克拉玛依下属的独山子就以石油矿藏闻名，当时独山子背斜有自溢的石油泉 32 座，油沫浮积水面，厚达一厘米，色泽深绿或淡红，很多当地居民收捞原油，用于点灯。

这些零散的对独山子石油资源的民间利用，就是独山子石油开采的雏形。

1909 年，在新疆当地政府的大力支持下，新疆商务总局筹银 30 万两，从俄国购买了一台顿钻钻机，在独山子开掘了第一口油井。

这口井从现代角度看，实在是不能被称为油井的浅井，就是独山子，也是近代新疆石油工业发展史上的第一口油井，由此拉开了新疆石油工业的历史帷幕。

进入民国时期，独山子的石油矿藏引起了国内外的广泛关注，尤其是引起许多有识之士的高度重视。遗憾的是，战乱不断、国弱民贫的旧中国，使得名动一时的独山子石油矿藏的开采在众多关注的目光中，只能历经波折，石油资源始终未能形成较大规模的工业开采。

抗战期间，当时的新疆省盛世才政府以反帝亲苏标榜，得到苏联政府的支持，遂开始与苏方合作开采独山子石油。

1936 年，新疆省政府与苏联达成口头协议，共同开发独山子石油资源。

同年 4 月，新疆省政府派员与苏方人员联合组成独山子石油考察团，在独山子地区进行石油勘察。

10 月，新疆省政府将原设在安集海的炼油厂，改称独山子炼油厂。

独山子炼油厂的生产，是在苏联提供各类石油专业设备和技术支持下展开的，这使得独山子石油矿藏的开采发生了质的转变，从此油田开始了具有现代意义的规模性工业开采。

遗憾的是，随着国际、国内政治形势的变化，新疆省盛世才政府与苏联关系恶化，导致了双方合作的解散。

从 1936 年至 1949 年，独山子油矿经过独山子炼油厂、乌苏油矿筹备处、独山子油矿管理处三个阶段的经营，共钻井 33 口，进尺达 1.4 万多米，采油 1.1 万多吨。

整个民国时期，尽管独山子石油矿藏的开采取得了一定的进展，但是由于国内政局的动荡，最终导致了刚刚品尝到工业化开采滋味的独山子油矿惨淡收场。

1949 年，新疆和平解放前夕，与玉门、延长名列全国三大油矿之一的独山子油矿，仅有职工 150 人，日产原油 3 吨至 5 吨。

1949 年 10 月，中国人民解放军第一野战军徒步千里，穿越河西走廊，长驱直入新疆首府乌鲁木齐。

新疆各族人民身穿节日的盛装，载歌载舞，迎接解放军进疆，欢庆和平解放。

就在天山脚下奏响庆祝解放的欢快乐曲的日子里，国家主席毛泽东向新疆人民发出"建设社会主义新新疆"的号召。

从此，新疆和它丰富的石油宝藏回归到人民的怀抱，油矿的历史也翻开了新的一页，获得了新生。

彭德怀建议苏联帮助开发

1949 年 9 月 25 日，新疆和平解放，百废待兴。

此时，刚刚翻身做了主人的新疆各族人民，怀着极大的热情开始着手建设新疆。作为西北地区负责人的彭德怀，此时也开始考虑新疆的建设问题。

经过认真研究，关于新疆油田建设，彭德怀意识到，在国民党留下的废墟之上建立的共和国，翅膀尚且稚嫩，限于财力、物力和技术力量，很难独立承担起石油工业建设的重担。

为此，彭德怀思虑再三，奋笔呈书党中央：

新疆石油资源的开发建设，要在自力更生的基础上，积极主动争取苏联的支持。

彭德怀的建议，引起了国家副主席刘少奇的注意。对于国内经济建设需要苏联支持和援助的问题，刘少奇的态度坚决而又明朗。

收到彭德怀的建议后，刘少奇在与其他党和国家领导人进行了初步磋商，并求得共识之后，便向远在莫斯科的毛泽东进行了详细的书面汇报。

1950 年 1 月 2 日，远在莫斯科的毛泽东接到刘少奇从国内发来的《关于中苏两国在新疆设立金属和石油公司的报告》，以下简称《报告》。

《报告》写道：

毛主席：

　　此次由彭德怀同志带来苏联与国民党政府议定在新疆设立金属与石油两个股份公司的协定草案，要求中央人民政府与苏联政府亦议定大体同样的协定草案，以便利用苏联资本，开发新疆资源，发展新疆生产。这两个协定大概内容如下：

　　1. 公司业务为在新疆境内寻觅、探测、开采、冶炼有色的及稀有的金属并在中国境内及境外销售产品，或寻觅、探测、开采石油煤气并提炼油料销售产品。

　　2. 资本双方各半，净利平分，但中国之资本以地段及为建筑工厂与房屋所需之建设材料估价交付，苏联之资本则为公司营业所必须之设备材料及运输工具估价交付。

　　3. 公司负责人及职员中苏各半，如中长铁路一样。

　　4. 公司产品向中国政府交纳一定的捐税，双方均得向公司购买产品的一半，其价格照成本加百分之六的纯利。

5. 公司经营时间为 45 年。

这是一种租让的或是中苏合办的企业，而中国从中得到一半的利益。但期限似乎定得太长，以定为 20 年或 25 年为宜。请你考虑是否即由你向苏联方面提出这个问题，进行商谈。在原则确定后，具体条文则交外交部与大使馆谈判。

又，这种事也可能不只在新疆，不只和苏联和各民主国家，在中国其他地方也可能合办这种企业和工厂，甚至帝国主义国家内的团体和资本家也可能要求来办这种工厂和企业。但我们如果不主动表示要苏联来办，苏联是不会要求我们来办这种事业的。现新疆同志则要求苏联来办，我们是否向苏联做这种要求，请你考虑决定。此间同志认为是可以做这种要求的。

刘少奇

刘少奇的这封报告，是和彭德怀上报党中央及中央领导的书呈一起送给毛泽东的。

毛泽东阅读了报告以及附件之后，情绪久久不能平静。

在这些困难中，最不好克服的还是技术的缺乏。多年来为了推翻三座大山，伟大的中国人民把主要精力都放在了进行不懈的斗争上，发展生产的技术基本没人去关注，当时的形势普通人民也没有能力去关注。

现在战争结束了，人民解放了，但建设祖国的技术人员却一时间难以培养出来。

但是，大规模的经济建设是不等人的，新生的人民政权必须尽快扭转中国经济落后的局面，才能赢得民心，造福于民。

思索良久，毛泽东挥笔在报告上作出如下批复：

这个报告不仅必要，而且及时。

于是，在毛泽东的这个批复下，争取苏联援助的谈判进度加快了。

中苏达成石油开发协定

1950 年初，遥远的莫斯科依然是天寒地冻，厚厚的积雪笼罩着庄严神圣的克里姆林宫。

接到刘少奇报告的第二天，毛泽东就在石油领域开展合作问题，与斯大林进行认真磋商。

会谈中，毛泽东态度诚恳地向斯大林表明，中国政府希望与苏联进行石油资源以及其他资源的开采合作。

对此，斯大林则明确表示同意。

两位国家领导人最初的磋商成为后来中苏两国成立"中苏石油股份公司"的良好开端。很快，按照平权合股原则，合作的具体谈判开始了。

1 月 30 日，新疆省人民政府副主席赛福鼎·艾则孜，中共中央新疆分局常委兼秘书长、宣传部部长邓力群等人奉命由乌鲁木齐抵达莫斯科，同苏方就两国在新疆合办石油股份公司和金属股份公司进行谈判。

1950 年 3 月 27 日，经过两国政府多方、多次洽谈，中苏双方在莫斯科签订了在新疆创办《中苏石油股份公司》的协定。

第二天，《人民日报》就发表了《中苏两国创办石油股份公司、有色金属股份公司协定》的联合公报。

公报内容如下：

1950 年 3 月 27 日，中华人民共和国和苏维埃社会主义共和国联盟签订了关于创办两个中苏股份公司的协定，一为石油公司，一为有色金属公司。两个中苏公司均按平权合股原则组成，其目的在于协助中国工业之发展及加强中苏两国间之经济合作。

石油股份公司之任务，是在中华人民共和国新疆省进行探测、开采、提炼石油及煤气。有色金属公司之任务，则是在新疆进行探测及开采有色金属。上述两公司之产品由中苏双方平分之。公司之开支及其所得之利润同样亦由双方平分之。公司之所领导，由双方之代表以轮换制之程序进行之。

协定中规定，两公司活动之头 3 年中，管理委员会之主任由中国方面代表选出，副主任由苏联方面代表选出。两公司之总经理由苏联公民中任命之，副总经理由中国公民中任命之。每过 3 年，原有 3 年中由某方代表所担任之职务，由另方之代表接替之。公司之职员，由中苏两国公民中平均充任之。在一切场合下，均遵守按期轮换职务之原则。

两协定之有效期限均为 30 年。

谈判是在友好的气氛中和完全相互谅解的

精神之下进行的。

签订协定者：

中华人民共和国人民政府全权代表：人民共和国驻苏联特命全权大使王稼祥。

苏维埃社会主义共和国联盟政府全权代表：外交部部长安·扬·维辛斯基。

合作协议签订后，具体合作事项的谈判开始紧锣密鼓地进行了。

5月17日，政务院总理周恩来致电西北军政委员会主席彭德怀及新疆省人民政府主席包尔汉，转告了苏联政府关于联合企业的苏方人员安排，要求彭德怀等人迅速拟定中方人员，并为即将召开的中苏石油股份公司首次股东会议及管理委员会会议做好准备。

9月30日，经过6个月的紧张筹备，中苏新疆石油股份公司在乌鲁木齐市召开第一次全体会议。

新疆省人民政府主席包尔汉、新疆省财经委员会主任王震和苏联驻乌鲁木齐领事馆代理总领事格列科夫等人出席了大会。

此次会议通过了《中苏石油股份公司组织条例》，并选举由中苏双方各3人组成管理委员会。

9月29日，包尔汉、王震就中苏石油股份公司章程等问题专电向周恩来和彭德怀汇报。

次日，中苏石油股份公司正式宣告成立，苏方聂列亭任总经理，中方阿里木·阿洪任副总经理。

中苏石油股份公司是新中国石油工业第一家中外合资企业，它的成立标志着中国石油工业彻底摆脱了从20世纪初开始的土法采油的尴尬，正式踏上了工业化开采之路。

中苏石油股份公司的成立，对于新疆乃至西北地区天然石油的开发有着重要意义，对于新中国石油工业的整体发展也有着奠基性的重要作用。

而刚刚建立的共和国，无论发展国民经济，还是抵御外来侵略，都亟待着石油资源的支持。中苏石油公司的成立，使国人看到了升起在准噶尔盆地的石油工业建设的曙光。

从此，在中苏双方的共同努力下，油田的建设进入了发展的新时期。

王震派钱萍为中方经理

1951 年 8 月底，炎热的天气在西北已经开始消退，此时新疆的和平解放已有一年多的时间了。

在人民政权的大力支持下，新疆的各项建设已经按步骤展开，作为新疆省财经委员会主任的王震，为了给各个项目批财、批物，忙得不可开交。

8 月底的一天，在王震不太宽大的办公室里，一场具有重要意义的谈话开始了。谈话的双方是这个办公室的主人王震和新疆省财政局局长钱萍。

会谈开始后，王震单刀直入地说："钱萍同志，你的工作又要发生变化了。"

钱萍不解地问："什么变化？"

王震看着钱萍，不紧不慢地说："中苏两国签订了友好条约，成立了新疆石油股份公司。"

钱萍不解其意地说："这件事情我知道，两国签订协议的公报我看过。"

王震起身，边踱步边说："刚刚成立的中苏石油股份公司，目前急需要领导干部。"

钱萍的目光在王震的脸上停留了很久，才困惑地说："需要领导干部？"

于是，王震缓缓地道出此次谈话的目的："组织上考

虑，你在新疆工作的时间比较长，了解和熟悉这里的情况，决定调你去担任公司的中方经理。"

钱萍一听就急了，"呼"地一下站起身来，着急地说："什么？中方经理？让我去搞石油？我一不懂技术，二不懂管理，去了怎么工作？"

王震看到钱萍的着急样，反而笑了，接着，王震大声地说："想打退堂鼓吗？我明确告诉你，不行！钱萍，你怕什么，放心大胆地干，有什么困难就提出来。白天找我也行，晚上找我也行，什么时间有困难，就什么时间来找我，天大的困难你都不要怕。"

钱萍了解王震的脾气，说一不二，雷厉风行。何况，这种工作调动，绝非他一人所定。

想到这里，钱萍的情绪不由得稳定下来。他凝视着王震严肃的面庞说："既然这样，那就明确工作任务吧。目前我是什么都不了解，两眼一抹黑。"

看到钱萍接受了任务，王震轻轻舒了口气。

他将一份 1950 年 4 月在北京召开的全国石油工作会议的文件摆在钱萍的面前，说："具体情况中央已经作了明确部署，你先看看文件。去了之后，要与苏联方面的同志一起工作，首先要团结两国的管理人员。搞石油是一门技术，要虚心向他们学习技术，学习管理。困难肯定是会有的，依靠大家去解决吧。"

听了王震的话，钱萍陷入了短暂的沉思。是啊，去一个从来都没有涉入过的领域，一个完全陌生的岗位，无疑将困难重重。但再困难，再艰苦，还能比面对敌人的酷刑，与敌人进行斗争更困难？

想到这些，钱萍恢复了以往的从容，豁朗地说："有上级领导的支持，有苏联专家和各族职工，什么困难都可以克服！"

王震严肃的脸上露出了难得的微笑，他高兴地说："这就对了。工作一定要做好，任务一定要完成。否则，我可要打你的板子哦！"

说起这个钱萍，很多当时在新疆工作过的老同志都是知道的，因为他有一些不平凡的经历。

1915年2月，钱萍出生在浙江诸暨一个小商之家。殷实的家境供他完成了高中学业。

1937年8月，钱萍只身奔赴武汉，在中国共产党创办的《群众周刊》杂志担任校对和发行工作。钱萍因勇敢机智，工作认真，1938年4月被吸收加入党组织。

1938年，新疆省盛世才政府为了巩固政权，求得国际方面的财政支持，策划出台了反帝、亲苏、民平、清廉、和平、建设"六大政策"。"六大政策"一出台，立即得到了苏维埃共和国联盟的经济援助。

出于"反对内战，一致抗日"的目标，党中央对盛世才的"六大政策"也给予支持，并满足了他的"人力援助"要求，派出一批具有马列主义思想水平和丰富实际工作经验的青年干部奔赴新疆，从事管理工作，钱萍就是其中的一位。

抵达新疆后，钱萍先后被派往南疆莎车、阿克苏、于田等地，任税务局局长和金矿局局长。

南疆的贫穷落后，少数民族人民苦难的生活境遇，深深震撼着钱萍的心。他决心改变南疆的落后面貌，解救南疆人民于水深火热之中。

然而，就在钱萍一心一意为改变南疆的贫穷落后状况而努力工作的时候，盛世才背信弃义，投靠了蒋介石，公然将包括钱萍在内的 27 位共产党员及其亲属全部投入监狱。

直到 1946 年底，迫于政治舆论的压力，国民党才不得不打开关闭了 5 年之久的牢门，钱萍与另外 24 名同志获释了。然而，陈潭秋、毛泽民、林基路同志却惨遭杀害，永远长眠于远离故乡的天山脚下。

就这样，30 岁的钱萍怀着对国民党的刻骨仇恨离开新疆，回到延安。

新中国成立后，党中央考虑到钱萍的专业知识和工作经历，又将他安排在西北财政委员会工作。

此刻，接到油田中方经理的调令后，历经磨难的钱萍决定要大干一场，早日为共和国找到油海。

调配各类人才齐集油田

1950年秋天，刚刚到达公司总部的钱萍，再次回到了乌鲁木齐。

钱萍到职后很快发现，在中苏合作的这个公司里，中方的干部、技术人员寥寥无几，中方经理部形同虚设，他这个中方经理，其实是"光杆司令"。

然而，当时的形势是，无论如何，工作需要大面积铺开，需要大跨步推进，需要有大的突破。

作为中方经理的钱萍，此时感到形势十分紧迫。紧迫的形势令钱萍再次感到技术力量薄弱、管理人员缺乏的压力。

于是，来到公司仅一周后，钱萍决定找王震寻求帮助。

6个多小时路程，钱萍赶到乌鲁木齐时已是夜幕降临。钱萍估计王震已经下班了，于是，他就直奔王震同志的住宅。

王震看着风尘仆仆的钱萍，以为钱萍干不下去跑回来了呢，便大声地问："才去了几天嘛，怎么这么快就跑回来了？"

钱萍单刀直入地说："你不是说要我找你帮忙吗？白天找你也行，晚上找你也行嘛。现在我碰到了困难，找你来了。"

原来是这样，王震放心了，他爽朗地一笑说："哦，碰到困难了？"

钱萍直言说道："我需要人，需要干部！"

王震呵呵一笑，问道："需要干部没问题。但你要告诉我你需要哪方面的干部？需要多少？"

钱萍直率地说："公司机关处一级部门，至少需要20名肯吃苦、肯学习钻研的干部。"

王震看着钱萍，笑着说："嗬！条件还不低嘛。"

看着王震，钱萍略显激动地说："工作难度很大，没有一批能挑担子的干部，工作很难开展起来。"

听到这话，王震的神情随之严肃起来，他太了解钱萍的难处了。当时，中方人员基本都不懂现代化的石油开采技术，作为中方经理的钱萍也是个外行，其工作之难，可想而知。

良久，王震果断地说："没问题，我立刻从部队抽调精兵强将支援你！"

一周后，从第二野战军军部抽调的一批团级干部，就风尘仆仆地赶赴独山子报到了。他们是余萍、曹进奎、范子久、张启华、雷震、刘锡田、张家达、刘照民、胡大年等一共23位。

看到团职军官一身英气，齐刷刷地站在面前，钱萍心中满意了，有了这批人，干部问题就解决了。

就这样，钱萍将这些来自部队的干部安排到公司各

个管理部门，空虚的中方经理部总算搭起了框架。

在后来的工作中，这批调来的干部不负众望，都成了油田的干将，为油田的建设立下了汗马功劳。

然而，钱萍这个中方经理似乎充满了"贪心"，为了早日找到石油，这次"贪婪"的他又开始向他的"后台老板"求助了！

就在23名干部到达油矿不久，钱萍又一次前往乌鲁木齐，向王震求援。

和上次一样，钱萍这次仍然是要人，不同的是，这次钱萍所需要的人是业务干部，而且是懂俄语、懂地质勘探的业务干部。

听了钱萍所需要人员的条件后，王震意识到现成的业务干部不仅新疆没有，就是全国也不多。但是，人才是可以培养的，懂俄语的学生我们有，把他们培养成业务骨干并不难。

对王震的观点，钱萍也是认同的。

于是，王震爽快而又幽默地说："这回你可以近水楼台先得月了。我爱人是俄文学校的校长，我负责给你们搭个桥，你到学校去作个动员报告，如果能够多动员一些学生去你那里，说明你有号召力嘛。"

钱萍一听，喜出望外，他开玩笑地说："就怕要求到我那里工作的人太多了，我招架不住。"

王震听完，哈哈大笑，开玩笑说："看把你美的。"

第二天，王震陪同钱萍一起去了新疆俄文学校。

到了学校，王震对他爱人说："这位是中苏石油公司的中方总经理。他那里急需要人才，你把学生们集中起来，让他作个动员报告，愿意到他那里去工作的，可以报名。"

很快，中苏石油股份公司来校招工的消息不胫而走。俄文学校数百学生集中在礼堂，聆听钱萍的报告。

听到钱萍的报告后，俄文学校的学子们情绪振奋、激昂，当场就有200多名同学报名，要求奔赴石油勘探开发第一线，投身祖国石油工业建设。

除了向王震寻求帮助，钱萍也开始向中央提出求助要求。

当时，一位干部对钱萍说："目前，技术工人也很紧缺，仅靠学校分配远远不够。从地方招收，又顾虑素质问题。我们这个行业技术性很强，没有文化很难胜任。勉强招收进来，会留下很多问题。"

钱萍略加思考后说："素质问题是要考虑。只要思想好，热爱党，热爱社会主义，我看就具备了基本素质。至于文化水平，我们可以想办法弥补。比如，可以开办文化补习班。至于技术水平，可以在工作中学习和提高嘛。"

另一位干部就说："地质勘探方面的专业人员，我们是不是制订一个计划，报到上级有关部门，请求他们的支持和帮助。"

钱萍摆了摆手，胸有成竹地说："这个问题我想好了，直接向中央要人。"

看着两位下级的困惑，钱萍笑着解释："我向王震同志要人，他说，目前新疆境内的专业技术人员很难满足我们的要求。正好周总理约他到北京汇报工作，王震就让我同他一起去。燃化部的领导也要参加汇报会，趁这个机会，把困难向领导们摆一摆，会得到解决的。"

后来，燃化部部长陈郁在燃化部干部学校礼堂为钱萍组织了专场动员报告会。

报告会后，300 多名立志为共和国石油工业建设贡献青春热血的莘莘学子踏上西行的列车，来到了油田。

随着这几百名学生的到来，再加上其他地方来的一些人员，油田的中方队伍建立起来了，一场找油的壮歌在西北大地奏响了！

二、 进行勘探

●雷宾敞开夹克衫的前襟，轻声问："钱萍经理，您大概是第一次去黑油山吧?"

●钱萍深有感触地说："什么叫作地大物博? 黑油山最能说明问题。我们应该加快黑油山勘探的步伐。"

●张恺轻声对范成龙说："那么明显的露头，却不存在含油构造，真让人难以相信。"

初次勘探黑油山自溢油泉

1952 年 6 月初的一个清晨，中方经理钱萍、地调处处长余萍以及苏方总地质师雷宾乘坐一辆"嘎斯 69"驶出乌鲁木齐。

早在 1951 年，中苏石油公司确立了对黑油山地区进行大规模地质勘探的工作方针。

随着技术人员的不断增加，技术力量的不断加强，中苏石油公司地质调查处的野外勘探队由 3 支发展为 8 支，地球物理勘探队由 3 支发展为 15 支。这为大规模的勘探提供了有力保障。

很快，通过对准噶尔盆地广大地区的地质调查，勘探人员取得了大批宝贵的地质资料，为后来地质勘探奠定了基础。

此次，钱萍等人就是专门去考察黑油山的。

当时，在黑油山，由苏方执钻的 4 口探井正在紧张钻探之中。

6 月的西北已经开始热了起来，吉普车内的温度逐渐升高。

雷宾敞开夹克衫的前襟，不停地扇动着，扇出阵阵凉风。突然，他停下手来问："钱萍经理，您大概是第一次去黑油山吧？"

钱萍笑了笑回答："是的。但是，对黑油山的地质、钻探情况，我还是有所了解的。去年，莫伊先克队长带领地质队对这个地区进行地质详查，完成了区域内1：25万比例尺的地形测量和地质填图，描述了那里的油苗和沥青丘的情况，认为那里的石油是在古生界地层生成后，沿裂缝游移到上部林罗系地层，是很有希望的含油区。"

　　看了一眼窗外，钱萍接着说："目前你们正在钻进的4口探井，就是根据莫伊先克专家的建议，做出最后定夺的。"

　　听到钱萍的话后，雷宾很是佩服眼前这位中方经理对情况掌握得如此之多。

　　接着，雷宾兴奋地说："黑油山的钻探进行得很顺利。之前，我们已经针对那里的油泉和沥青丘进行了详细的勘测，确认那里是一个比较大型的古背斜核心。正在钻进的四口探井，都以侏罗纪为目的层，其中有一口油井钻进至502米井深的时候，发生了水喷。当然，也有含油量，日喷原油100公斤左右。这是好兆头啊！"

　　"是啊，"钱萍感慨地说，"这4口探井意义重大，对黑油山今后的勘探起着决定性作用。如果这4口井油气显示良好，那么，黑油山地区将大有希望。"

　　说完，钱萍转脸看着不置一语的余萍，问道："余处长，你去过黑油山吗？"

　　听到问话，沉默良久的余萍说："我也是第一次去黑油山，但对情况还是了解一些。关于黑油山的记载有很多。记得我在一本书中看到过这样一段文字：青石峡，发现油泉甚多，一向有人开采，用以燃灯……详细的记载不大清楚了。"

挠了一下头，这位新任的地调处处长接着说："还有一个传说，有一位叫作赛里木巴依的维吾尔族老人骑着毛驴，在戈壁寻找水源，意外地发现了黑油山。他将装水的葫芦里装满了石油，拿回家去引火取暖，点灯照明。搞石油，搞地质勘探的人，见到那里的油苗露头，没有一个不激动、不振奋的……"

钱萍听了余萍的话后，哈哈大笑道："听你这么一说，我都急不可待了。"

雷宾也不甘寂寞，他说："在区域勘探这一点上，我们的意见是一致的。地质勘探是石油工业发展的基础，这个问题，贵国在1951年召开的石油工作会议上已经明确。而中苏石油公司成立的两年中，已经进行和今后仍将进行的勘探调查，都是为发展打基础的。"

"是啊！"钱萍望着车窗外，用坚定的语气说道，"我们此行黑油山，应该对那里的地质构造有一个新的认识。"

经过了6个小时的颠簸，当夕阳染红天边的时候，黑油山遥遥在望。

雷宾做向导，汽车停在宛若山丘的黑油山下。

一下车，钱萍等人便大步小步登上山顶。站在山腰，望着一眼眼神奇的自溢油泉，钱萍抑制不住兴奋，感慨地说："真是地质奇观啊！如果不是亲眼所见，无论如何都想象不出这幅图景。原油从那么深的地下露出地面，这要经过多少个地质年代啊。这种地质现象是不是把地层的含油情况直接告诉了我们?"

雷宾解释说："这一带大都是黑油山主力油层的三叠纪露头，大概在100亿万年前，就已经形成了第二纪末期。"

看了一眼钱萍，雷宾接着说："山顶的油泉不止一眼，我们到前面去看看。"

钱萍和余萍随着雷宾向前走去，他们很快来到了一眼较大的自溢泉前。

这个油泉方圆两平方米，泉面平静如镜，倒映着他们的身影。泉中央不断地涌出气泡，那是上涌的原油通向地下的通道。

黑油山就在脚下，黑油山自溢油泉就在眼前。

钱萍、余萍显得非常兴奋，是啊，为加快新疆石油工业建设的步伐，尽快找到大油田而来的钱萍、余萍被阵阵随风飘来的浓烈的油香，冲击得心潮起伏。

极目远眺，一览无余的戈壁之上，正在钻探中的4口油井的钻塔巍然屹立，成为方圆数里的一道风景。

黑油山一行，给钱萍很大震动，在返回独山子途中，他深有感触地说："什么叫作地大物博？黑油山最能说明问题。我们应该加快黑油山勘探的步伐。"

余萍说道："1951年，我们的地质勘探队在黑油山区域 200 平方公里范围内，进行了地质测量和地质填图。同时，电法队还对黑油山地区进行了面积调查。但是，由于受人员力量的限制，这个地区的地质详查和面积调查只获得了初步资料。我认为，黑油山地区下一步的勘探，是扩大范围、深化效果的问题。从今年年底到明年年初，陆续有一批院校毕业生来我们这里工作。我计划扩编地质队，加强勘探力量，总之，队伍扩大需要人，需要设备，需要……"

余萍的观点得到了钱萍的认同，接着钱萍又征询雷宾的意见，雷宾点头称是："在加快勘探步伐这一点上，我们永远不会有分歧。黑油山是一块神奇的土地，是世界地质奇观。这样明显的地质露头，就是在我们的巴库油田也不曾见过。加紧对这个地区的地质勘探是明智之举。"

于是，钱萍心里有底了：

一定要加快勘探，争取早日找到石油。

中方表明勘探黑油山决心

1953 年，黑油山的 4 口探井，除了 2 号井自喷原油后又停喷，其他 3 口均没能获得具有开采价值的工业油流。

面对这个意外，绝大部分苏方专家对黑油山失去了信心。他们认为，黑油山地层下的原油已随自溢泉流出地表，已经失去了开采价值。

黑油山，那静溢了千年万载的涓涓油泉，那静卧了千年万载的壮观沥青丘，对于为急需能源的共和国找到大油田的石油人来说，是一个充满诱惑的奥秘。

然而，此时因为 4 口井的失败就放弃这里，中方技术人员无论如何都不能接受。

中方技术人员虽然对苏联专家的观点存有异议，却苦于没有足以证明黑油山存在大量含油构造的翔实资料。

就在这两难的局面下，1953 年 11 月末，中苏石油公司决定召开地质勘探工作研讨会。

实际上，这是一次一项议题、两项内容的会议。所谓两项内容，是指会议将对 1953 年的勘探工作进行认真总结，在此基础上，会议研究讨论 1954 年的勘探工作计划。

要总结 1953 年的工作，便不可避免地谈到黑油山 4

口探井的问题。

在会上，苏方经理聂列亭失望地说："黑油山4口探井没有理想的油气显示，完全出乎我们的意料。但是，也提醒了我们，明显的露头和油苗不能完全代替构造带的地质储量。中国有句古话，叫作'吃一堑，长一智'，地质勘探是经常要吃'堑'的。"

看了一眼大家，聂列亭又信心百倍地说："看来，黑油山已经不能够作为我们主要的勘探目标了。我们的精力应该集中在准噶尔南缘山前凹陷地带，那是一个很有希望的区域。"

聂列亭的一番话使中方领导和技术人员感到很不是滋味，但是却找不到合适有力的证据，来驳倒聂列亭的观点。

就在中方人员面面相觑的时候，总地质师、苏方专家顾问组组长潘·切·捷耶列夫接言附和："我的观点同聂列亭经理大体一致。这4口探井没有油气显示，使我们对一个地区及早做出正确判断，不至于继续投入更大的人力、财力，这是不幸中的万幸。"

在此次会议之前，凡专业性会议，中方只限于决策层领导出席。

但是出于调动全体技术人员积极性的考虑，这次会议参会的人员，扩大到公司领导以外的野外队队长和中方技术人员。

张恺和范成龙作为技术人员参加了这次会议，并以

列席代表身份，坐在会场的后排。

当听着聂列亭和潘·切·捷耶列夫对黑油山的断言，张恺心里很不平静。

于是，张恺轻声对范成龙说："那么明显的露头，却不存在含油构造，真让人难以相信。"

范成龙点头说："按照一般规律分析，黑油山应该是一个大的构造。可是，4口探井没有理想的油气显示，又怎么解释？我认为，应该深入勘探，才能解开这个谜。"

范成龙的话使张恺感到英雄所见略同。他的脑海里突然产生了一个念头：应该重振旗鼓，再上黑油山！

但证据呢？这让张恺陷入了沉思，没有证据，就不能说服苏联专家和管理者。怎么办，张恺真是万分焦急，难道黑油山的勘探就到此为止了吗？

就在这时，与聂列亭和潘·切·捷耶列夫并排坐在一起的专家勒·伊·乌瓦洛夫扬了扬手，谨慎地说："我发表一点不同的见解……"

顿时，会场鸦雀无声，与会者的目光同时都聚焦在勒·伊·乌瓦洛夫微红的面庞上。

乌瓦洛夫迎着大家的目光，缓缓说道："按照地理形态分析，黑油山一带属于地台区域，与我们苏联的第二巴库同类。"

看了大家一眼，乌瓦洛夫继续说道："4口探井的确失手了。但是，其中有没有其他原因，比如井位偏离、设计井深不够等。从科学意义上讲，黑油山的初次钻探不能算做失败。巴库油田和第二巴库油田都是在多口探井的基础上才得手的，而黑油山只打了4口井。我认为，我们必须跳出用局部构造来评价整体构造的思维。不能以4口探井来定论黑油山构造，而应该在对南缘的山前凹陷地带勘探的同时，扩大对黑油山区域的勘探。"

最后，乌瓦洛夫铿锵有力地说："准噶尔盆地的勘探突破点，就在黑油山！"

确实如乌瓦洛夫所说，仅仅以4口探井的得失评价一个区域构造的含油形势，这是思维的片面和僵化。

然而，乌瓦洛夫的讲话还没落音，潘·切·捷耶列夫已经沉下脸来，聂列亭也是心存不快。

看到这种情况后，中方经理钱萍以爽快的声音，大声说道："非常感谢专家们各抒己见，畅所欲言。"

停顿了一下，钱萍果断地说："我认为，无论是什么观点、何种意见，都出于同一个目标，找到或是发现新的含油构造的一座大油田。根据地形、地质、地貌分析，黑油山应该是一个大有希望的区域，可我们的希望落空了。我一直在考虑，这里面是不是有什么问题？也就是乌瓦洛夫专家所提出的问题。我认为，我们不应该放弃黑油山，而应该采取积极的态度，对黑油山的地质状况进行综合性分析研究，在充分研究分析基础上的评价，才是科学的、可靠的、负责任的。"

接着，钱萍还略带幽默地说："中国还有一句古话，叫作'智者千虑'。如果带着疑虑和遗憾放弃了黑油山，

我想，各位专家都会于心不安的。"

钱萍一席话不但巧妙地避开了聂列亭和潘·切·捷耶列夫对黑油山的断言，而且明确地表示了他在黑油山评价问题上的观点。

钱萍的话既是一种高超的语言表达方式，更体现了作为中苏石油公司的中方经理，对发展中国石油工业所持的坚定信念和高度负责的态度。

后来，经过多次讨论研究，最后，在 1954 年继续加大对黑油山地质勘探力度问题上，中苏石油公司双方领导和专家基本达成了共识。

这就使险些被放弃的黑油山再次被重视起来，很快，对黑油山的再次勘探开始了。

地质队再次勘探黑油山

1954 年初，中苏石油公司地调处按照决议，重振旗鼓，开始对准噶尔盆地广大地区进行 1：10000 比例尺的地质调查。

3 月，枝芽尚未吐青，春寒料峭的戈壁，没有狂暴的雨，却有肆虐的风。就在此时，勘探队举旗出征了。

他们从乌鲁木齐出发，一路风尘，到达黑油山时，已是隔日的傍晚。

当到达黑油山以后，年轻的张恺抑制不住激动的心情，一路狂奔向山顶跑去。

很快，往日的耳闻和充满神奇色彩的想象，展现在了张恺和勘探队工人的眼前。

站在嶙峋起伏的沥青丘之巅，张恺停下脚步。

眼见自溢油泉，眺望无垠戈壁，张恺思绪万千地对乌瓦洛夫说："我敢肯定，黑油山下，这片戈壁下流动的石油在等着我们呢。"

乌瓦洛夫的脸上此刻也布满了微笑，他十分理解张恺此时此刻的心情。

黑油山固然令人激动，而举目可视的 4 口废井在乌瓦洛夫心中却别是一番感触。

确实，那 4 口废井也给这位大胆提出再探黑油山的

苏联专家造成了一定的心理压力。

听了张恺的话，乌瓦洛夫顿然有所悟地说："我相信自己的判断，是因为我相信科学。"

接着，乌瓦洛夫用缓和的声调说道："地质勘探是一门严谨的科学，不尊重科学，就不会得到科学结晶。这是我从事地质勘探工作以来最深刻的体会。"

张恺从乌瓦洛夫的话语中，听出了坚定，听出了自信，内心陡升出一种紧迫感。

于是，张恺大声地说："乌瓦洛夫，我提议尽快开始工作，争取在月度小结的时候，我们能对黑油山构造有一个基本评价。"

接着，张恺挥手握拳，果断地说："乌瓦洛夫专家，大家的心情都是一样的，希望我们早一天在黑油山找到石油。"

于是，地质队的奋战开始了！就在地质队开进黑油山的当天，他们挖地三尺，修建了两座低矮的地窝子，在黑油山下安营扎寨。第二天，地质队就立即投入紧张的勘探之中了。

这是艰苦的 30 天，是日夜兼程的 30 天，是汗水与心血交相辉映的 30 天。

在这 30 天里，为早日找到石油，为驳倒苏联专家的话，为证明黑油山有油，地质队的每一个工人，都开始了奋力拼搏。

每一天天还没有亮，地质工人就早早来到工地开始了作业。到吃饭时间，他们就拿出自带的饭，就着冷风吃下去。

累了，他们就在井架旁的空地上躺一会；病了，他们也不舍得停下工作去看病。当夜幕降临时，他们也不愿意收工，常常要借助月光和马灯，工作到很晚。

随着地质普查和地球物理普查的步步深入，黑油山的地质构造带渐渐明晰。

在 5 月份的地质队月度小结分析会上，乌瓦洛夫断言："可以初步确认，黑油山不失为一个大的地质构造带。"

在小结会上，张恺也兴致勃勃地说道："这是我们对黑油山构造的全新认识。黑油山下是一个大的储油层，流动着的是滚滚的血脉。"

说到这里，张恺举起拳头，有力地说："血脉！它将汇成一片海洋，一片油的海洋。这一点，一定会得到证实！"

乌瓦洛夫激动地拍着张恺的肩膀，兴奋地说："对！是血脉，是一望无际的油的海洋！"

张恺和乌瓦洛夫，一位新中国第一代地质勘探工作者，一位苏联地质专家，两位不同国度的奋斗在黑油山下的地质勘探工作者的相同话语，传递着令人兴奋的信息，这令地质勘探队的同志们心情振奋。

1954 年 9 月，勘探队的地质普查和地球物理普查战线，从黑油山一直延伸向百里之外的乌尔禾广大区域。

9 月 11 日，乌瓦洛夫接到通知，回基地开会。临行前的晚上，乌瓦洛夫将队上的工作交给了张恺。

这样，张恺便成为地质队的负责人，领导起地质队的勘探工作。

10 月末，地质队圆满完成黑油山区域的勘探任务，满载收获，返回乌鲁木齐。

乌瓦洛夫和张恺难以预料，正是由于他们的收获，一场剑拔弩张、唇枪舌剑的大辩论即将开始。

专家辩论黑油山的前景

1954 年 11 月初，在这个深秋的季节里，北国的乌鲁木齐已经开始寒冷了起来。

11 月 1 日清晨，苏联专家乌瓦洛夫和张恺一人夹一摞资料，急匆匆行走在前往办公楼的小路上。

突然，乌瓦洛夫停下脚步，脸色凝重地对张恺说："今天这个会议至关重要，关于黑油山的地质构造和含油情况，由你来介绍，我做补充。我认为这样更合适。"

张恺看了看乌瓦洛夫严肃的神情，心里不免一阵紧张。是啊，这可是一场关系到黑油山命运，更是关系到地质队几个月来的工作成果的会议。

乌瓦洛夫感受到了张恺的紧张，于是，他改变了语气，温和、充满关切和信任地说："黑油山地质分析报告是以你为主编写的，你作汇报更有说服力。这对你也是一个锻炼的机会。"乌瓦洛夫最后强调："我相信你能够圆满完成的，相信自己，你行的!"

此时，虽然户外寒气逼人，室内却温暖如春。仍然是一年前的那个会场，一年后，大家又在这里相见，并再次讨论黑油山的命运问题。

会议就要开始了，苏方经理和专家们面带微笑进入会场，并一一落座。

乌瓦洛夫坐在与张恺相对的位置，四目相对，乌瓦洛夫用坚定的神情鼓励着年轻的张恺。

会议开始了，从黑油山勘探回来的张恺，被会议指定为第一个发言。

面对着中苏两国的专家及公司领导，张恺深深吸了口气，铿锵有力地汇报道：

在准噶尔盆地，分布着两种不同类型的构造，一种是在历史地壳变动中相对活跃的构造，在地质学中被称为"山前凹陷"，以盆地南缘独山子构造最为典型；另一种是地质年代中相对稳定的构造，在地质学中称为"地台型"构造，例如准噶尔盆地的北缘区域，以黑油山最为典型。

通过对黑油山、乌尔禾的地质调查，我们在原定侏罗系发现了三叠系古生物化石。经过分析，得出的结论是：黑油山、乌尔禾沥青脉是地层油气生成后运移的明显指向，在中新生代地层大面积东南倾斜的背景下，可以由沥青封闭、断层遮挡、地层超覆、岩性尖灭形成圈闭，是含油的有利地区。

…………

这时，潘·切·捷耶列夫急不可待地站起身来，语

进行勘探

气生硬地说："如果仍然以沥青丘和自溢油泉为标志，那么黑油山构造带对我们来说仍然是一个美丽的空想！失手的 4 口探井已无可分辨地说明，黑油山地层下生成的原油已经随着地壳变动运移到地面，形成那座沥青丘了。所谓自溢油泉，不过是一点残余的油气而已，黑油山不可能是大油田！"

此时，乌瓦洛夫站起身来，做了礼节性的开场白之后，侃侃而谈："扎伊尔山是出露地表的大型古背斜核心，黑油山正处在古背斜的东南方向，沥青丘的中心又恰好位于东南方向的最高部位，自溢油泉是最具有说服力的油苗。黑油山 4 口探井中的一口 500 米井是因为井喷而关井的，这更能够说明那一带的油层生存较好，油气储量均存在……"

潘·切·捷耶列夫打断乌瓦洛夫的讲话，大声说道："黑油山、乌尔禾以南是一个背斜带，它控制着油藏的生成……"

乌瓦洛夫也毫不客气地坚持说："黑油山、乌尔禾构造带有明显的不受背斜控制的特点。你所说的山前构造地带与黑油山相比，只是一个水杯，而黑油山则是一片大海。"

平缓了一下语气，乌瓦洛夫接着说道："准噶尔盆地的大油田在地台区域，在盆地的西北缘，而不是山前凹陷！"

…………

此时，余萍感到，再争论下去也不会有什么结果，权衡再三，余萍便以时间已晚为理由结束了会议。

但是，关于准噶尔盆地石油勘探"走出山前凹陷，走上地台"的辩论却没有结束。

会议结束后，生性耿直的乌瓦洛夫力求他的新观点在苏联专家中达成共识，便不辞辛苦地在各种会议上一遍遍地游说。

然而，乌瓦洛夫的做法不但没有起到效果，反而适得其反，使得这场辩论愈演愈烈。

关于黑油山的勘探，也因这场辩论而变得扑朔迷离起来。

和大辩论一块到来的，还有更大的意外，那就是中苏合作的结束。

中苏举行石油公司交接仪式

1954 年 10 月 12 日，中苏两国政府发表联合公报，宣布自 1955 年 1 月 1 日起，包括中苏石油公司在内的各中苏合营股份公司中的苏联股份移交给中华人民共和国，苏联股份的价值将由中华人民共和国以供应苏联通常出口物品的办法，在数年内偿还。

公报发出后，中苏石油公司开始了分开前的各项准备工作。

12 月 29 日，中苏石油公司特别股东大会和管理委员会决定：

> 至 1954 年 12 月 31 日起，结束公司业务活动，将公司业务管理和属于公司的全部财产移交中华人民共和国燃料工业部新疆石油公司。

12 月 31 日，又是一年岁末。这一天，中苏石油股份公司交接仪式，在乌鲁木齐举行。

此时，会场外面虽然是白雪皑皑，天寒地冻，但会场里却是热烈隆重，喜气洋洋。

交接仪式的主席台幕布上，挂着中苏两国领导人画像，两边是两国国旗。

在主席台就座的是两国政府代表，中方新疆石油管理局党委常务委员马载，苏方副总经理波波文。

交接仪式由燃料工业部部长陈郁主持。

在热烈的掌声中，中苏双方的代表都作了热情洋溢的讲话。

苏方代表说：

在几年合作中，我们得到了兄弟友好的中国石油工作者的支持。鉴于年轻的中华人民共和国在管理石油企业上已积累了必要的经验，相信移交后一定能管好企业，发展新疆的石油工业。

然后，中方代表说：

感谢苏联老大哥对我们开发石油的友好援助。它再一次证明社会主义大家庭的团结和友爱。移交后我们仍然要学习苏联专家的好经验，在勘探新的领域中有所作为。

接着，中苏双方在文本上签字，互换交接文本。

在悠扬的乐曲声中，领导们频频举杯，互相祝贺公司圆满交接，祝贺中苏友谊万古长青。

在此次会议上，与会双方正式宣布，中苏石油公司完成了自己的历史使命，自即日起结束。

中苏石油股份公司的建立，是新中国成立后最早建立的四大合资企业之一，通过引进苏联的资金、设备、技术，使基础薄弱的新中国石油工业完成了早期发展。

同时，中苏石油公司的成立，为中国培养了一批专业的职工队伍。这批队伍通过交流和学习，初步掌握和积累了自行进行勘探开发的相关技术和经验。

尤其对于新疆石油工业来说，中苏石油股份公司在南疆的库车、喀什、吐鲁番盆地，北疆的准噶尔盆地进行的初步勘探，提供了大量基础数据，证实了新疆是石油储藏丰富的地区。

在苏联专家的帮助和指导下，新疆石油工业迅速拥有了一批自己的专业队伍和技术人才，这为后来新疆油田的大发展和全国石油工业的发展奠定了坚实的基础。

随着中苏石油公司的解散，黑油山以及新疆的其他油田都进入了一个新的时期。

三、 艰苦创业

● 康世恩抽了一口烟，缓声说道："困难会有很多，但是，并不是没有基础。通过努力，目标一定可以实现！"

● 秦峰意味深长地说："中央领导要求我们两三年之内找到大油田。看起来，新疆也是我们的用武之地呢。"

● 看看腕上的表，陈郁又说："这几天你们辛苦了，抓紧时间休息一会儿。到了新疆参加移交工作，不会轻松的。"

组成石油公司新领导班子

1954 年 12 月 15 日下午，燃化部部长陈郁由北京抵达西安，宣布了燃化部关于调任王其人为新疆石油公司临时党委书记，张文彬任公司总经理，秦峰任副总经理的任命。

任命宣布之后，陈郁全面而又具体地介绍了正待移交的中苏石油股份公司的情况。

陈郁在最后严肃地说：

"一五"计划前两年，全国唯有燃料工业部没能完成任务指标，而中苏石油公司恰恰是没能完成计划的企业之一。我在这里给你们下一道死命令：到任第一年，必须打新疆石油工业生产和建设的翻身仗！

当天深夜，在西北石油管理局局长康世恩的办公室里，正在进行着一场谈话。

室内缭绕的烟雾说明，这间办公室的门已经关闭很长时间了。

室内一张长方形的条桌前，坐着中国燃料工业部部长陈郁、西北石油管理局局长康世恩、西北石油管理局副局长兼玉门钻探处处长秦峰，以及由南昌赶来的王其人。

此时，具有几年在西北石油战线工作经历的康世恩，抽了一口烟，缓声说道："国家经济建设需要石油，新疆蕴藏着丰富的石油资源。你们到了那里，要依靠留任的专家、技术人员，依托现有的基础设施，在加快恢复独山子炼油生产的同时，加快步伐，推进新区勘探，一年之内打石油生产的翻身仗。困难会有很多，但是，并不是没有基础。通过努力，目标一定可以实现！"

陈郁的期望、康世恩的鼓励，使即将赴任的王其人、秦峰心潮难平。

由陈郁带队，王其人、秦峰随同前往新疆首府乌鲁木齐的行程，约定在 12 月 17 日。

12 月 16 日，也就是临行前夜，在西北石油管理局办公室里，秦峰与王其人进行了一夜长谈。此次会谈涉及内容最多的是，如何在"到任第一年，打石油生产的翻身仗"。

在会谈中，王其人和秦峰调动思维，勾勒着即将接手的新疆石油公司的前景和框架。

此前在地方上任职的王其人沉稳地说："能源是发展国民经济的命脉、血液。现在，我们要进行石油资源勘探开发，更觉得它的重要意义所在。新疆地大物博，发展石油工业前景广阔。我考虑，苏联专家撤离后的短时间内，在生产以及管理上会存在一定问题。这一点，我们必须要有充分的思想准备。"

曾经在石油第一师的秦峰，意味深长地说："石油师转业3年了，在西北局，我们在生产组织方面积累了一些经验。国家经济建设需要石油，燃化部领导要求我们到任第一年打勘探开发的翻身仗，中央领导要求我们两三年之内找到大油田。看起来，新疆也是我们的用武之地呢。"

王其人高兴而又略带羡慕地说："石油师的官兵放下枪杆子，握上刹把子，真是一支能战能胜的队伍啊。"

秦峰呵呵一笑，说："同志们已经听说即将西进的消息了，就等着开拔那一天呢。这回，钻探团又要打前站喽。"

王其人说："石油勘探靠的就是钻井。不钻井，油从哪里来吗？"

1954年12月17日，王其人等人从中国古城西安机场起飞，开始踏上了新疆的征程。

飞机犹如离弦的箭，呼啸着冲出跑道，腾空而起。此刻，在机舱里，陈郁部长与秦峰、王其人并排而坐。

王其人收回远眺的目光，感慨地说："3天前还在中南，2天前到达西安，昨天夜里我们还在办公室谈话呢，几个小时以后就要降落在新疆了。"

陈郁部长将视线从窗外收回，看着王其人说："中苏石油股份公司移交仪式之后，你们就要独自承担公司的生产和经营工作了。此行，你们任重而道远啊！"

王其人听了部长的话，心情沉重地说："新疆石油工业的发展，关系到国家的经济建设。在西安听到公司的生产现状后，感到担子更重了。秦峰同志虽说是公司的副总经理，可是，他的主要精力必须要放在独山子油矿。总公司这边的工作也是千头万绪呢。"

陈郁心情是舒畅的，他一边眺望窗外的白云，一边自信地说："石油师官兵在老君庙实习3年，无论钻井，还是采油，都已经出徒，可以独立顶岗工作了。这批同志扛枪打仗百战百胜，如今又挑起新疆石油建设的大梁。有了这批中坚力量，开发建设新疆石油工业，大有希望啊！"

说完，陈郁拍了一下王其人的肩膀，鼓励道："其人，放心，一切都会好起来的。"

看看腕上的表，陈郁又说："这几天你们辛苦了，抓紧时间休息一会儿。到了新疆参加移交工作，不会轻松的。"

然而，此时王其人、秦峰又怎能睡得着呢，一场激动人心的战斗就要打响了，他们在渴盼飞机快点到达新疆，到达油田。

王其人、秦峰等人到达新疆后，就开始忙起了紧张的交接工作。

1951年1月1日，新的一年来临了。一轮朝阳从博格达峰冉冉升起，给亮丽的边城镀上了金色的花环。此刻，举行完交接仪式后的新疆油田，也迎来了它全新的一页。

上午，燃料工业部新疆石油公司在明园办公楼召开了成立大会。

会上宣布：

> 马载任总经理，王其人任书记，钱萍任第二书记，秦峰任副总经理兼总工程师，钱萍、米吉提·扎依托夫任副总经理。

当马载等人从部长手里接过大红的国务院的任命书时，他们深深感到自己肩上的担子确实很沉重。

此后不久，张文彬也赶到了油田，担当起了总经理职务。

就这样，公司的领导班子成立了，在新的领导班子的带领下，油田的发展逐渐步入正轨。

钻探工人纷纷奔赴油田

1955 年 4 月，坐落在西安西稍门的石油钻探局三层大楼内，自张文彬从新疆调研回来后，就开始躁动起来。

此时，职工们纷纷传出消息：

> 钻探局要撤销了，所有钻探局人员要到新疆去了。

顿时，人们无心欣赏楼外的桃红柳绿，而是上上下下、左左右右在一起证实这些消息的准确性。

消息很快被证实了！

1955 年 4 月 27 日，张文彬在局机关大会上的讲话中，正式宣布钻探局撤销。

张文彬高声说：

> 石油钻探局从 1953 年 7 月组建以来，实现了条条化的专业管理，对于提高勘探、钻井技术起到了积极作用，但也存在着同一地区开展工作的矛盾。
>
> 现在新疆石油公司已交给中方独自管理了。为了加强对石油工业的领导，石油管理总局决

定，变过去条条管理为块块管理，在各地成立综合性的局，比如玉门矿务局、四川石油勘探局、青海石油勘探局和新疆石油公司等。

…………

驻在西安的地质局去青海，钻探局去新疆，原来在各地的生产一线队伍原地不动，划归当地石油局管理。

钻探局领导、原石油师副师长张忠良到四川，参谋长陈寿华去青海，张文彬、秦峰去新疆。

张文彬宣布后，接下来各处室讨论，报名。

总之，在未去过新疆的人的眼里，新疆是遥远、荒凉、神秘、落后而又富饶的。但不管条件多刻苦，都吓不倒勇敢的石油工人。

报名开始了，大部分人都积极报了名。而没有被分到新疆的人开始急了，他们为了支援新疆石油建设，纷纷想尽办法，争取去新疆。

段振廷就是闹着去新疆的人中的一员。

段振廷原是五十七师通讯参谋，成为石油工人后，他曾来到玉门油矿钻井处学习，在钻井处任实习技术员。

为了学好钻井技术知识，段振廷硬是找来全处唯一一本《钻井工程师手册》，用一个多月的晚上时间，把这本厚厚的书全文抄完。

经过 7 个多月实习，段振廷基本掌握了钻井的一般

知识后，回到计划处对口学习计划业务。

1953 年，段振廷又被派到兰州俄语速成学习班学习，达到了可阅读俄文专业书的程度。

由于段振廷为人忠厚，学习虚心，很快在计划工作中便能独当一面，成为钻探局的一名骨干。

钻探局撤销后，计划处处长要带段振廷一起去四川，段振廷却报名要去新疆，但名单公布是到四川。

段振廷慌了，他到处找人表示去新疆的决心，最后找到张文彬。

张文彬平时很喜欢这个干什么事情都有股钻劲、韧劲的年轻人。他微笑着问："革命战士到哪儿不都是一样吗？"

段振廷急了："就是因为一样我才不去条件好的四川，我要坚决到艰苦的新疆去！"

张文彬笑了："那就跟我上新疆吧。"

此时，计划处处长虽然还想挽留，但局长都发话了，当然不能再争了。

就这样，段振廷用"闹"的方法终于去成了新疆。

报名后，将要去新疆的同志就各自准备开了。

成了家的忙着钉箱子准备搬家，有对象的抓紧结婚，好学的上书店买书，年轻人上街买东西。

于是，一箱箱的肥皂、牙膏，一盒盒的罐头，一包包的手套、袜子、皮靴、皮帽……堆满了大大小小的各个宿舍。

当时，不仅石油工人对支援新疆油田抱有极大热情，就连石油工人的亲戚朋友，也对支援新疆油田怀有巨大激情。

当时，钻探局钻井室有一个秘书，只有 19 岁。别看他年纪小，经过部队几年的磨炼，加上自己的勤奋学习，他已经掌握了新的文化、技术知识。

小秘书被批准到新疆的命令下达后，他便回到了久别的家乡，和母亲告别。

母亲见到儿子回来了，心里很高兴，把家里好吃的东西都拿了出来。

小秘书望着母亲慈祥高兴的脸，几次想开口几次又都忍住了。他怕母亲伤心难过，新疆对于母亲来说那可是个遥远的地方，如果她知道自己的儿子将要去那么遥远的地方，心里该多难过啊。

晚上，小秘书不得不把去新疆的消息告诉母亲。没想到母亲听后是那样平静，只是长长叹了口气："你是部队的人，大伙都走了，你怎能不去呢。"

于是，母亲连夜赶制了一件厚厚的棉衣，给儿子打了一个大包裹。

当时，像这位小秘书母亲那样支持石油工人工作的又何止一个！正是有了她们无私的支持，才有了石油工人奋力拼搏的动力。

1955 年 6 月下旬开始，在半年多的时间里，钻探局的数百名工程技术人员，一批又一批告别了古城西安，浩浩荡荡地向新疆进发。

那时铁路只修通到兰州以西，西行的石油队伍不得不在这儿改乘汽车。

车队行进在漫长的丝绸古道上。车轮飞转，卷起滚滚烟尘，烟尘翻腾而起，给这"野营万里无城郭，雨雪纷纷连大漠"的万古荒漠平添了一份生气。

车继续西行，路上刮起了大风，大风夹带着沙粒打在脸上生疼生疼。

但是，想到不久就可以到达新疆油田，为共和国的石油工业作贡献，很多人在大风里却欢快地唱起了歌。

激情总是能感染人的，当一个人唱道："我们新疆好地方啊，天山南北好牧场……"

风送歌声，仅在瞬间，一辆辆满载石油师人西去的军车里，传出一声高一声的夹带着浓郁新疆风情的歌声。

车上，张鸿飞、刘占仓、段振廷在唱；

车上，刘增、杨真、杨万明在唱；

车上，田玉庆、杨明辉、刘如席在唱；

车上，孙少春、牛留成在唱；

车上，周肖、高锐、陈泽润在唱……

挥师西去的石油师人引吭高歌！

高亢粗犷的歌声在丝绸古道，在寂寥清冷的辽远大漠中阵阵传开，声声远去，仿佛一曲庞大的多声部合唱，最终交融为回荡大漠的和声，仿佛一部潮起潮落的无伴奏乐曲的浑然组合；唱出了石油师人的一种精神，一种力量，一种意念，一种神往。

当车沿着白杨河北行，远远看见白顶的博格达峰就在前面，很快，翻过一条干河床，远处绿树掩映、房舍参差。乌鲁木齐到了。

在石油公司所在的明园门口，张文彬总经理，王其人书记，钱萍副总经理，留下的苏联专家和欢迎的职工，笑容可掬地握着大家的手，帮忙拿行李、扛箱子。

张文彬欢快地说："新疆油田欢迎你们！"

很多石油工人高兴地说："我们到家了，从此新疆油田就是我们的家。"

就这样，这个久经磨炼的石油队伍来到了新疆油田。他们的到来，为油田的发展增添了无穷的活力。

跟随这批队伍一同到来的许士杰，后来为了寄托自己的情思，写下了进疆的第一首诗：

戈壁还无比，公路一线穿。

车行连八日，未竟祖国边。

各族亲相聚，宝藏万万千。

不尽开拓者，挥汗映天山。

随着这批钻探人员的到来，其他一些地方支援新疆油田的干部和技术工人也来到新疆。

此时，新疆油田的队伍更加健全起来，在荒漠的戈壁，在黑油山找油的行动呼之欲出。

公司研究决定开发黑油山

1955 年 1 月 23 日，正是中国农历新年，乌鲁木齐的大街小巷里到处都充满着节日的喜庆。

在乌鲁木齐石油地调处，乌瓦洛夫怒气冲冲地从长长的走廊尽头走来，气呼呼地推开张恺办公室的门。

张恺急忙操起大茶缸，倒满了水，递给气喘吁吁的乌瓦洛夫。

乌瓦洛夫是一位具有丰富实践经验的地质专家。在此前的几次关于"黑油山有没有油的争论"中，张恺和乌瓦洛夫一直站在同一条战线上。

当时，年过半百的乌瓦洛夫辩论时，都讲得口干舌燥，争论得精疲力竭。回到办公室，他最需要的是一大茶缸水。

而张恺每次都是极有礼貌地先为乌瓦洛夫递一茶缸水，此次自然也不例外。

乌瓦洛夫一口气喝下大半茶缸水，才开口说道："张恺，这种争论实在是太耗费时间和精力了。我们应该采取措施，制止这种无谓的辩论。"

张恺没有回答，他陷入了沉思：其实，当时中苏石油公司已经完成了移交，然而，留任的苏联专家却坚持"山前凹陷"的观点，不肯放弃分毫。这场无谓的争论虽

然是在苏联专家中进行，但结果却关系到中国石油工业的命运。新到任的张文彬等公司领导是否了解这两种观点，以及如此争论下去将给勘探工作带来不良后果？

想到这里，张恺起身出门，向余萍的办公室走去……

在第二天的总经理办公会上，余萍将张恺反映的问题提到议事日程，并不无忧虑地说："张恺同志反映的情况很现实，从哪方面考虑，坚持凹陷，还是走上地台的讨论，都应该有一个结论了。"

其实，关于走出山前凹陷和走上地台的争论，张文彬早已耳闻。但到任之初，工作千头万绪，为时间所限，他是想稍稍理顺各种关系之后，再就争论作一次专题调查，没想到张恺这个年轻人初生牛犊不怕虎，现在就把这个问题捅出来了。

此时张文彬、王其人等领导一听余萍汇报这个问题，就来了兴趣。于是，张文彬放下别的问题，要求余萍就两种观点进行详细汇报。

受到张文彬的鼓励后，余萍详详细细地把两种观点产生的背景、根据作了汇报。

张文彬细细地听余萍的汇报后，总觉得听得不解渴。他还想知道得更加详尽，更加具体。

于是，张文彬当即决定：取消晚上的公司领导会，召开北克拉玛依地质队野外地质调查研究专题汇报会。

晚上，张文彬等人早早就来到明园专家俱乐部楼上的小会议室里。此时，张恺和乌瓦洛夫已经等候在那里，并且挂好了剖面分析图。

看到一脸书生气的张恺和不辞辛苦的乌瓦洛夫，张文彬心底油然升起一股热流。他紧紧握着乌瓦洛夫的手，连连说："谢谢你，乌瓦洛夫同志，谢谢。"

张文彬又仔仔细细端详着张恺，把手重重地放在他的肩上，意味深长地说："最好的年龄，赶上了大好时机。"

张恺感激地回答说："谢谢您的鼓励。"

会议开始后，乌瓦洛夫手执一个茶杯，像往常一样陈述他们"走出山前坳陷，走上地台"的新观点。

与以往不同的是，今天倾听乌瓦洛夫陈述的是新疆石油公司的首脑们，是新疆石油勘探的决策者。

面对公司如此多的领导，乌瓦洛夫情绪激动，他举起茶杯示意："如果说独山子油田的储量是一杯水，那么西北缘则是一片海。"

张文彬听完翻译，凝眉思索着说："谈得非常好。能不能再详尽具体一些。"

乌瓦洛夫又想喝水了，他看了一眼张恺。

张恺会意地站起身来，郑重地汇报道：

1. 克拉玛依背负的加依尔山是出露地表的大型古背斜核心，而西北缘地区正处于此古背斜东南翼，沥青丘又位于东南翼的最高部位，油层出露地表标明油气含量高；

2. 沥青丘构造南翼的 500 米浅井发生井喷，显示了向南方向油层可能保存较好，有大量油气；

3. 分析地面构造成排分布的状况，推理沥青丘构造带以南应有另一排大的构造。

张文彬一字不漏地悉心倾听，这三方面理论足以构成"走出山前凹陷，走上地台"的论据。

想到此，张文彬含蓄地问："如果我们确定在黑油山打一口探井，你们认为井位定在哪里最合适？"

这时一位专家提出质疑："黑油山勘探几上几下都没有明显的地质构造，单凭这种主观判断，就决定打探井，是不是太轻率了。"

张文彬笑了笑，不失礼节但却是坚定不移地说："我们的国家需要我们在短时间内找到大油田，我们没有退路，只有大踏步地向前走！如果走上地台的观点仅有 50% 的希望，我们要付出的，应该是 100% 的努力！"

顿时，会议室里一阵惊人的寂静。

此时，所有与会者都感觉出张文彬这一席话的分量。

这次汇报会后，石油公司党委统一了勘探工作"走出山前凹陷，走上地台"的思想。

根据乌瓦洛夫和张恺的地质报告，独山子矿务局编制了《黑油山地区钻探总体方案》，拟定在黑油山构造带打 4 口探井，构成一个剖面，进而探明地质情况。

此方案经新疆石油公司党委讨论，报请石油部批准。

1955 年 2 月 4 日在第六次全国勘探会议上，石油部批准了新疆石油公司的《黑油山地区钻探总体方案》，并明确提出：

> 在准噶尔盆地北部黑油山地区，为探明侏罗系地层含油情况以及研究准噶尔盆地西北边缘的地质构造，在获得浅钻补充资料之后，再打两口探井，计划进尺 2400 米。

一场激烈的争论终于有了一个圆满的结果。

这是一个具有历史意义的决策。这口探井定名为黑油山 1 号井，即后来的克拉玛依 1 号井。

有了这个决策，对黑油山的勘探又可以大规模地开始了！

勘探队赴黑油山寻找井位

1955 年 2 月，新疆石油公司副总经理秦峰手持电话听筒，正在接听来自乌鲁木齐明园总部的电话。

从他拿话筒微微颤抖的手上可以看出，秦峰的情绪有些激动。这个电话是总经理张文彬给秦峰打来的长途电话。在电话中，张文彬告诉秦峰将在黑油山打一口探井的决定。

结束了与乌鲁木齐的通话后，秦峰稍稍镇定情绪，拿起话筒拨给独山子矿务局钻井处副处长马骥祥。

马骥祥不在，秘书费了一番周折才从一个井队把马骥祥找了回来。

早在部队时，秦峰是马骥祥的上级。但对这位上级，马骥祥从来就没有一丝畏惧感。

平时，秦峰和战士们说笑。行军时，他把配给他的马让给病号，把节省下来的干粮给不够定量的战士。

这样心里装着战士的领导，马骥祥只有感到亲切，而没有丝毫畏惧。

此刻，马骥祥走进秦峰的办公室，自己找了凳子落座。

秦峰看了看他，很生气似的问道："又到井队去了？有急事也找不到人。"

马骥祥回答说："深入基层，这可是你的指示。你不也天天在井队转嘛？"

秦峰略显无奈地笑了一下，缓缓地说道："公司作出决定，黑油山要打一口探井。任务交给你了。过完春节踏勘井位，踏勘回来后组建井队。"

马骥祥忽地一下起身，笔直地站在秦峰面前。他有一种大战之前的兴奋感。

秦峰笑着说："坐下坐下，还没有到激动的时候。先考虑考虑勘探的准备工作，再酝酿一下担任这口井钻探的井队。一定要组织精兵强将。"

马骥祥不好意思地摸了一把后脑勺，说："就以陆铭宝的井队为基础，成立一支青年钻井队怎么样？"

接着，马骥祥如数家珍似的，流利地汇报道："陆铭宝，1952 年 8 月毕业于上海中华职业学校，在独山子搞钻井已有近 3 个年头。他平时不擅言谈，忠厚老实，工作细致，能团结同志，有文化，懂技术，各方面都比较理想。"

秦峰听了汇报后，微笑着说："看来你情况了解得很细嘛。行，可以考虑。"

于是，1 号井的勘探者就这样确定了。

接到命令后，马骥祥已经急不可待了。他迅速安排好有关 1 号井钻探前的井架安装以及钻探过程中的一切准备工作，春节一过，就带队踏上了黑油山 1 号井的踏勘之路。

和马骥祥同行的是苏联专家阿不拉莫夫，井架安装工崔林庆和翻译刘仁。

1955年春天的一个早晨，天才蒙蒙亮，寒气逼人。一辆"嘎斯69"由独山子出发，驶向黑油山。

这年，北疆的降雪出奇地多。在去黑油山的路上，"嘎斯69"像蜗牛一样，在雪野中缓缓行进。

越向北进，雪越大。纷纷扬扬的雪花白絮般飘落，覆盖着戈壁，足有一尺多厚。

"快看，成吉思汗山！"崔林庆突然高喊了一声。

这里的成吉思汗山就是现在的加依尔山。

马骥祥顺眼望去，果然看到加依尔山海市蜃楼般地时隐时现。

此时，刘仁也高兴起来了，他一下跳起来，高喊着："黑油山……"

经过漫长的雪中行路，突然发现了目的地，这的确是一种黑暗中见到曙光时的欢乐至极的感觉。

马骥祥叫司机停下车，兴奋异常地摊开地形图。根据比例尺的标注判定，他们所处的地理位置是距离黑油山很近的红山嘴。

黑油山，他们的目标就在加依尔山的山脚下。

马骥祥收起地形图，像战场上的指挥官一样展臂一挥，一声令下："冲！"

"嘎斯69"加足马力箭似的射了出去。

当车停在黑油山脚下的时候，启明星已经隐去，东方欲晓。

此时，神秘的黑油山静静地伫立在错落无序的沥青丘间，山丘间是大大小小的油泉。

曙色中，泉眼缓缓地冒着黑油，油的涟漪在金色的朝霞中扩散着，荡着阵阵油香，荡着勘探人感到的一种金色的企盼。

马骥祥顺着山坡绕了一圈，本想找一避风处歇息，不想却找到一个地窝子。

刘仁接上茬，对大家说："过去早就听说黑油山上有个叫赛里木巴依的维族老人，就住在这里捞油为生，用毛驴驮着原油到附近村镇换面换油。今天老人不在，我们暂时借住一下，让胡大替我们谢谢他。"马骥祥对同伴们说："刘仁，你去取雪，崔林庆准备点火，我去砍柴，阿不拉莫夫同志，您给我们准备一顿丰盛的早餐。"

点火、化雪、地窝子里有了暖意。阿不拉莫夫拿出洋葱、酸黄瓜、马肠子、苏式面包，一一放在一块白色的帆布上。

谁也顾不得多说一句话，就狼吞虎咽地吃起来。

睡得东倒西歪的崔林庆似乎在梦中闻到香气，突然睁开眼睛，伸手掰开一块面包就着马肠子大口大口吃起来，边吃边说："唉，这顿饭可比吃宴席香十倍啊。"

这一顿说不清是晚餐、中餐还是早餐的"宴席"吃了很长时间。

走出地窝子，天已经大亮了。

马骥祥找一个稍高的地方站上去，举目远眺。1号井井位在哪里？马骥祥边思考边问身后的崔林庆、刘仁："是连续作战，还是……"

"当然是一鼓作气。到了黑油山不找到井位，觉也睡不着啊。"马骥祥话没说完，崔林庆、刘仁抢过去说。

于是，马骥祥打前，几个人踏着厚厚的积雪，绕着密密匝匝的索索柴树丛艰难跋涉，直到中午，才找到1号井井位。

经过如此多磨难，找到井位的瞬间，崔林庆、刘仁高兴得又跳又唱。一昼夜的艰苦，换成了找到井位的瞬间的欢愉。

置身黑油山1号井上，脚下是潜藏着油流的土地，马骥祥默默地想着：不久，他和他的同伴将奔赴这里，钻开地层，让潜藏的油流破土而出。他将要完成的，是神圣的使命。这是一件多么伟大的事情啊！

马骥祥发现1号井的这一天，也许是普通的一天，但是这一天也是新中国第一座大油田克拉玛依油田勘探开发的初始。

钻井队艰难奋战黑油山

1955 年春天，从 1 号井归来的马骥祥，回到独山子后找到秦峰。

马骥祥急切地问："秦副总经理，1 号井位找到了，我们哪一天上？"

"看把你急成这个样子！"本来是个急性子的秦峰此刻却有意批评起急性子的马骥祥来，"我已经通知陆铭宝队长了，他正在做出发前的准备呢。"

此时，关注 1 号井的不仅是他们几个，黑油山 1 号井，这个鲜为人知的地方，它牵动着千万人的心。

为了 1 号井的钻探，新疆石油公司决定，独山子矿区成立黑油山钻井前线指挥部。秦峰兼任前线指挥部总指挥，马骥祥任前线指挥部钻井指挥，坐镇黑油山。

接下来要做的就是完成井队的搬迁。

井队搬家比"拖家带口"的乔迁不知道要麻烦多少倍。因为无论马骥祥如何精心组织，合理安排，井架分体到位，整体安装的程序也得一步一步完成。

当时，安装队的吾守尔队长连轴转，队上从干部到工人，人人都有一个心愿：尽早竖起井架，早一刻开钻打井。

作为前线指挥，马骥祥深知，黑油山 1 号井关系着新疆石油工业发展的前景，是连接着国家经济发展的血脉。

马骥祥作战前动员的时候，内心涌动着激情。他和那些年轻的钻井工人一样，为有这千载难逢的机会感到光荣。

即将担任这次任务的钻井队，是一支由马骥祥亲自从各个钻井队抽调来的由 8 个民族、36 人组成的 1219 青年钻井队。同时，马骥祥又颇具慧眼地选定了陆铭宝、艾山卡日·艾拜拉木任这支队伍的队长和副队长。

1955 年 6 月 15 日，青年钻井队进入黑油山探区。当日，没顾上安置简单的行囊，队员们各就各位，犹如战士上阵坚守哨位。

马骥祥更是以身作则，从踏上黑油山的那一刻起，他作为黑油山前线钻井指挥，没有离开过一步。

从每一颗螺丝的拧紧，到设备的安装，他事无巨细，如一个普通工人；调运车辆进退，指挥吊车吊装，俨然又是一个指挥官。

6 月 20 日，黑油山 1 号井钻机就位。

马骥祥非常高兴，他亲自来到井场，镇定自若地做现场指挥。很快，30 多米高的井架徐徐立起。

随着两台 B2－300 柴油机轰然作响，沉睡的戈壁结束了亿万年的沉寂。接着，维吾尔族工人攀上井架，把鲜艳的红旗插上钻塔的顶端。

此刻，马骥祥仰望猎猎飘舞的红旗，感慨万分。他内心充满自豪，更充满了战胜困难、完成任务的信心和决心。

开钻只是刚刚起步，接下来的问题和困难接二连三地到来了。

1955年，这一年，黑油山夏天的风出奇地大，出奇地多。

在黑油山上，狂风经常呼啸而来，卷起飞沙走石。狂风从戈壁上刮过，像是有意捉弄无视艰苦的人们，一声嘶鸣，帐篷被卷走了；一声呼啸，地窝子顶又被卷走了。

当帐篷被风鼓起的时候，有个炊事员死死抓住绷绳不放，就连同帐篷一起被刮出去好远。后来，这个炊事员还声称自己坐了一回"降落伞"。

风过天晴，倒班的钻工拿起工具，到附近砍伐索索柴。这是戈壁滩上取之不尽的燃料。

前来指挥工作的秦峰一边和钻工们搭屋顶，一边说："杜甫作了一首《茅屋为秋风所破歌》。咱们也可以作一首《地窝为狂风所破歌》了。不过，咱们这地窝子很快就会旧貌变新颜了。"

大风可以刮走帐篷，掀起屋顶。然而，黑油山1号井钻机却没有停止过一分钟转动。当井架在狂风中倾斜、摇晃的时候，手握刹把的陆铭宝只有一个信念：我在，井架在！我不倒，井架不倒！

与此同时，马骥祥几乎是爬上钻台的。他和青年钻井队队长陆铭宝一起，经历了进驻黑油山以来的第一场大风的洗礼。

后来，"风刮石头跑"成为描述克拉玛依地方特色的打油诗中的一句。

和风并肩来到戈壁的，还有7月的火，当时，7月的高温无情地考验着青年钻井队的每个队员。

在旷野烈日的照射下，整个戈壁仿佛在燃烧，能烤熟鸡蛋，能烘热面饼，也能灼伤人。

一天，有人急匆匆跑来，向陆铭宝报告："又有人中暑了，队长。"

陆铭宝放下工作，连忙说："知道了。你先去我马上就来！"

陆铭宝没有到木板房去找马骥祥，他想让马骥祥好好睡一觉。几天来，马骥祥几乎没合过眼。

当时，马骥祥正在为泥浆处理的技术问题发愁着，开钻以后，由于进尺加快加速，泥浆越来越稠，失去流动性，影响了钻速。钻工们只有不时地从泥浆池里捞出泥沙，保证钻进。

这是一种不得已而为之的办法，一口千米深的油井，靠这种办法怎么能行！数日来，马骥祥无时不在考虑这个问题。

此刻，连续几天没有休息的马骥祥刚刚闭上眼睛，陆铭宝怎么忍心打搅。

陆铭宝刚刚安排人接替那位中暑的职工，却看到马骥祥闻声赶来。他若有所思地说："看样子，我们一定要调一个会处理泥浆的人来。"

"哎呀，这还不容易，把队长的'洋缸子'调来不就行了嘛。"站在一边的维吾尔族钻工操着维语普通话开玩笑地说。

"洋缸子"是维吾尔语"爱人"的意思。在场的人都笑了。

这话却提醒了马骥祥，是啊，队长陆铭宝的爱人杨立人是专门搞泥浆化验的，处理泥浆她有经验。

于是，马骥祥当场决定："对，把杨立人调来！"

队长的爱人要来了，这乐坏了井队的小伙子们。可是，总不能让泥浆技术员兼保健员的队长夫人，像他们一样，天当被、戈壁当床啊。几个小伙子就商量着为陆技师和杨立人修建一座新房。

说干就干，小青年们就忙起来了。大家挖的挖，刨的刨，砍来索索柴篷顶，只用半天时间，一个五六平方米的小"家"完工了。

马骥祥决定首先以"探亲"为名，把杨立人接到井队暂住。

杨立人的到来，给这个男人世界增添了温馨的家庭气息。她悉心观察，合理调剂泥浆配方，解决了困扰着钻井生产的大问题，使钻速大大加快。

闲暇时，杨立人到厨房调整食谱，为钻工们改善伙食，帮助钻工们洗缝衣衫，成了井队不可缺少的"大忙人”，大家亲切地称她是“黑油山上的一枝花”。

看到杨立人一刻不停地忙碌，马骥祥感到很过意不去，但井队又确实需要杨立人这样的人。

于是，马骥祥便想如何挽留杨立人多住一段时间，没想到杨立人痛痛快快地说：“安下心，扎下根，不出油，不死心！”

马骥祥愣住了，这是陆铭宝青年钻井队的钻工们开赴黑油山的时候，立下的钢铁誓言。如今出自杨立人之口，那誓言就更加深沉，更加铿锵有力了。

假如是在部队，马骥祥会给杨立人致军礼以示最高敬意。此时，他压抑着内心的感动与感激之情，连着说了几声：“谢谢！谢谢！”

就这样，在这种恶劣的环境下，在队员们的艰苦拼搏下，1号井在艰难中钻进。

康世恩要求加快钻井进度

1955 年 9 月，黑油山的酷暑终于退去了，青年钻井队的队员们在阵阵凉风中，甩开膀子，加快钻井的进度。

9 月 13 日，新疆油田公司的总经理张文彬，来到泥浆飞溅的 1 号井钻台。

此次黑油山之行，是张文彬的一次视察，然后，他将前往北京，参加已任石油工业部部长助理的康世恩主持召开的西北地区石油勘探工作会议。

临行前，张文彬叮嘱马骥祥："1 号井关系到国家石油工业建设的大计，我们责任重大啊！"

得到马骥祥肯定的答复后，张文彬放心地踏上北京之旅。

9 月 19 日，一辆黑色轿车停在北京石油工业部的石级下。张文彬、杜博民走出轿车拾级而上，快步走向康世恩的办公室。

在此之前，康世恩率领以苏联专家特拉菲穆克博士为组长的"石油地质专家组"，对全国开展过一次石油地质大调查，此刻他刚刚归来。

在调查中，康世恩等人从玉门油田到延长油矿、四川盆地、贵州、广西、广东，足迹几乎踏遍全国。

特拉菲穆克博士在进行调查总结时，明确地说："中国石油工业是一个处女地，中国石油地质条件优越，海陆相只要出油就是好相。中国石油资源极其丰富，由于时间短，工作量少，目前勘探程度不够。相信在增加投资，多做工作之后，中国的石油可以做到自给自足。"

特拉菲穆克博士把中国陆相贫油从理论上予以根本否定，而且，他还从地质基本理论上分析出中国油气含量的远景。

听到这位苏联专家的话后，康世恩非常高兴。现在剩下的，就是从理论到实践的艰苦证实过程了，就要看我们石油勘探人员的工作了。

这次，康世恩利用召开西北地区石油勘探会议短短的休会间隙，约见张文彬和杜博民即是此意。

见张文彬、杜博民走进办公室，康世恩迎上去与张文彬、杜博民握手后，开诚布公地说："叫你们来可不是白来的，是要你们带着任务回去，带着成果再来的。"

此时，张文彬仍然保持着军人的习惯，立正，敬礼，端庄严肃地说："请首长指示。"

康世恩感到自己过于严肃了。张文彬、杜博民的拘谨说明了这一点。

于是，康世恩和蔼地招呼他们落座，用缓和的语气对他们说："这次地质大调查，我是大开眼界了。我在考虑一个问题，你们都是搞地质的，听听我的分析符合不符合科学。"

看了张文彬、杜博民一眼后，康世恩认真地说道：

"山前凹陷类型的油田在苏联有高加索山脉一侧的巴库，而我国境内的河西走廊、新疆乌鲁木齐、库车正好与其相仿。地台型油田在苏联有第二巴库，我国的松辽、华北、塔里木正好与之相应。"

说到此，康世恩语气凝重起来，他用铿锵有力的声音说道："难道相同的地质地貌，他们苏联有油，我们中国就没有？你们那里黑油山和乌尔禾的沥青脉久已闻名了，应该组织人力物力，很好勘察研究，加快速度，扩大勘探领域，争取在最短时间内在黑油山地区找到大油田！"

听了康世恩的话，张文彬和杜博民的心情也随之凝重起来了。

回到车内，张文彬仰头靠着座椅，气氛显得低沉压抑。突然，张文彬坐直并向前倾身，对杜博民说："1号井的速度应该加快，要抢速度，没有速度就没有大油田！"

在康世恩、张文彬的号令下，1号井的速度加快了。

井场人期待早日出油

1955 年 10 月，经过 3 个月零 23 日的艰苦奋战，钻井工人战胜炎热、蚊虫、大风、缺水、井喷等困难后，1号井即将完钻。

10 月 28 日，1 号井完钻的前一天，独山子试油段段长刘占仓，带着试油技术员来到了黑油山。

马骥祥和刘占仓都是原五十七师战士，现在昔日的战友在黑油山 1 号井井场相逢，除了感慨时光飞快外，更多的是感到开发黑油山 1 号井的意义。

马骥祥仰望着 30 多米高的井架，深情地说："多么希望这是一口出油井啊！"

刘占仓爽朗一笑说："我们齐心协力，让这口井早出油、快出油、多出油！"

当天，刘占仓就开始了试油工作。然而，就在起试油井架的时候，试油技术人员突然发现联结绷绳的链片和小螺丝脱落了。

当时，试油井架少一个螺丝都竖不起来，而黑油山作业区一没有仓库，二没有备料，一个螺丝也找不到，必须回独山子去取。

一个螺丝竟然让试油不能进行，进而影响到 1 号井的早日出油，这令马骥祥等人非常着急。

此时，司机张良已经忙了一天了，再让他连夜去独山子，马骥祥心有不忍；同时，在山里，疲劳驾驶也是非常危险的。

没办法，马骥祥还是来到了张良的地窝子。此时，张良正在地窝里休息。

听到马骥祥的话后，张良二话不说，披了一件衣服，起身上了车，打响了马达，扬尘而去。

那一夜，马骥祥却无法入眠，这既有将要完钻的兴奋，又有为张良夜间行车安全的担心。

走出板房，马骥祥席地坐在钻塔下，心情久久难以平静。

不知何时，张文彬坐在他的身旁。举目遥望满天星斗，张文彬感慨地说："真是难以预料，一生中会有这样的机会。如果不是有这座井架，这里有我们说话的声音，那简直就像在梦里。"

马骥祥深深喘了口气，缓缓说道："是啊，当初调我进疆，只说是有大场面等待着我们。怎么也没想到，这个场面这么大。"

张文彬指了指远处，乐观地说："更大的场面还在后面呢。1号井一出油，准噶尔就有大仗打啦！这个地方要打成千上万口油井。那个时候，这里要修公路、盖楼房、建机场，这里会成为一座新型的工业城市。那时候，我们就是老资格了，可以摸着孙子的头，告诉他们：'孩子，你爷爷打1号井的时候，你还没出世呢。'"

听到老领导的话，马骥祥忍不住了，他们忘情地大笑起来。

两位昔日的战友，在满天星斗的黑油山之夜，在寂静中盼望 1 号井喜喷工业油流的黑油山之夜，畅想着黑油山的明天。

天蒙蒙亮的时候，远处传来隐隐约约的马达声。马达声，在寂静的戈壁，显得格外清晰。

很快，马达声由远而近，向 1 号井的位置开来了。

张文彬高兴地说："是张良取配件回来了"。

马骥祥一边向远处张望，一边好像很生气地说："走之前对他交代了，不许赶夜车，这多危险呀！"

张文彬笑着对马骥祥说："你这个指挥啊，真不了解工人的心。张良也是恨不得 1 号井早出油。他和你一样，能睡得着觉吗？"

声音果然越来越近。晨曦中，车身隐隐在现。

"是张良！"马骥祥一跃而起，兴奋地迎上前去。

和马骥祥一样渴盼张良归来的人还有很多，包括试油队和所有 1 号井场的工人。因为，张良带回了螺丝，就可以开始试油了！

黑油山油井喜喷原油

1955 年 10 月 29 日，在新疆石油工业发展的历史进程中，是一个永载史册的日子。

对张文彬、马骥祥等人来说，这一天是一个永远铭记心头的日子。对所有投身新疆石油工业建设的石油师人来说，这一天也是一个永远难以忘怀的日子。

就在这一天夜间，黑油山 1 号井井口喷涌出了黑色的原油！

顿时，1 号井周围，人们欢呼着、跳跃着、拥抱着。他们拿起铝盔，敲奏出旋律，尽情地跳跃。他们还放亮汽车大灯，让黑油山灯火通明，让黑油山欢悦沸腾。

很多工人更是把黑色的原油抹在脸上，让喜悦的泪水畅快地流出。

很多人高兴地说："这 3 个月大风吹、蚊子咬的苦没有白受啊。"

"是啊，看到出了油，就是受再多的苦，我也绝不皱一下眉头。"

"喂！你们说得都不对！我们哪里吃过苦，我一直认为这 3 个多月来，我在一边享受，一边干活。蚊子算什么，热点算什么，哼！"

深夜，黑油山仍然在一片欢腾喜庆之中。

正在筹备出版《新疆石油工人报》的石油师人高锐，用相机拍下了 1 号井喷油的场面。

此刻，马骥祥离开欢腾的人们，回到他的木板房，张文彬、秦峰不知什么时候已在等候着他。

看到两位首长，马骥祥什么都明白了。他单刀直入地问："要打大仗了？"

秦峰凝神一笑："是，要打大仗了！"

"发往北京的电文已经拟好了。"秘书把电报原稿交给张文彬，激动地说道。

张文彬没有去接电报文稿，只是缓缓地松了口气。这是张文彬等待已久、盼望已久的时候。自从马骥祥率陆铭宝青年钻井队出征黑油山 1 号井，张文彬的心就如同上了弦的陀螺，越打越转，越转越快。

有油，至少标明在黑油山找到大油田绝不是一种幻想。而这希望又饱含着毛主席、党中央以及全国各族人民的热切关注。

张文彬要赶快致电石油部领导，让部领导尽快掌握新疆的勘探形势。同时，让他们和黑油山下的同志们一起分享这种语言和文字都难以表达的喜悦。

想到此，张文彬接过电文，看完之后，对秘书说："尽快发出去吧！"

自从马骥祥率队挺进黑油山，这个遥远而陌生的地方渐渐被人们熟悉、被人们关注。

黑油山 1 号井出油的一星期之后，新华社记者闻讯而来。

这一天，总地质师杜博民正在他的办公室进行下一步地质勘探的思考。1号井出油，给这位石油地质学识广博的专家注入了巨大的动力，他由衷地感到整个身心都在跳跃。

突然，电话铃声打断了他的思路。电话是张文彬打来的。

"杜博民同志，请你到我办公室来一下。"张文彬彬彬有礼地说。

对杜博民，张文彬一向是这样以礼相待。从石油钻探局开始，他们已经共事将近4年。

初到石油钻探局的时候，张文彬是个刚刚放下枪杆子的门外汉。对石油，对地质，对钻井，对采油，对与石油有关的一切概念含义都一窍不通。是杜博民、史久光等这些技术专家的点滴灌输和全面教授，使他在短时间内掌握了石油地质勘探开发的有关知识，由外行而逐渐入门的。

在平时的工作中，张文彬敬仰杜博民渊博的学识，忠厚的为人。杜博民、史久光则敬佩张文彬工作中的谋略，对下属的知人善任。

此次，接到张文彬的电话后，杜博民迅速赶到张文彬的办公室。

张文彬向他介绍说："这位是新华社记者。黑油山1号井喷油了，要向全国人民报告这个好消息。你接受采

访吧，再判断判断，这个地区的前景如何。"说完又转身把杜博民介绍给新华社记者。

杜博民笑了笑说："接受采访是你总经理的事。应该快点把这个好消息报告给全国人民嘛。"

张文彬忙推却说："哎，你是专家，你的观点才具有权威性嘛。你看黑油山有勘探价值，有储量，这个喜讯是不是可以发表消息。"

杜博民的神色严肃起来。他坚定地说："黑油山北部地区油苗丰富，油源在南边。按照地质学家的分析，它们之间应该有大油田存在。这个消息可以发！"

1号井的出油还牵动着党和国家领导人的心。11月中旬，毛泽东在中南海，打电话给石油工业部部长李聚奎，说："聚奎，我要向你祝贺呀！"

此刻，这位共和国的缔造者的心情犹如听到全国解放的最后一声炮响那样，浓重的湘音中洋溢着兴奋、喜悦和自豪。

同一天，国务院副总理陈云连夜打电话到石油部，详细询问1号井的情况。

第二天，陈云、李富春亲自召集石油部领导会议，并明确指示：

要加强黑油山地区的地质勘察工作。

时隔不久，1955年11月26日，《人民日报》刊登了新华社电讯：

新疆准噶尔盆地北部发现黑油山新油田！

这是黑油山 1 号井向全中国、向全世界发出的信息，它以喷涌而出的滚滚油流向全世界宣告：

黑油山，有大油田！

准噶尔盆地，有大油田！

中国，有大油田！

从此，克拉玛依油田的历史开始了，新疆油田公司的历史也为之翻开了新的一页。

四、 创造辉煌

● 李聚奎一下飞机,就高兴地说:"是黑油山的黑油把我引到新疆来了。这一回,我可一定要看看那座山和那里的油。"

● 杜博民连忙推辞说:"你的汇报已经很能说明问题了。既全面又通俗易懂。部长到黑油山一看,就更清楚了。"

● 马骥祥望着眼前钻井喷水形成的冰塔骂开了:"要水时你没有水,不要水时你来这么多水!"

李聚奎视察黑油山

1955 年 12 月，北国的冬天正是千里冰封，万里雪飘。此时，石油工业部部长李聚奎不畏严寒，来到新疆石油公司检查工作。

李聚奎一下飞机，就与前去迎接他的张文彬、秦峰等紧紧握手，并高兴地说："是黑油山的黑油把我引到新疆来了。这一回，我可一定要看看那座山和那里的油。"

张文彬也异常激动地说："到了黑油山，你就能看到那里的油咕嘟咕嘟像泉一样往外涌啊。"

李聚奎部长用信任和善的目光看着张文彬，高兴地说："你来新疆以前，我找你谈话，你那时信心还不足。现在，你是胸有成竹了嘛。军人就应该这样，放在哪里都响当当，当当响。"

说完，李聚奎先自己朗朗地笑了起来，大家也都跟着笑了起来。

在这位老上级、老领导面前，张文彬有些腼腆，他指了指身边的秦峰、杜博民说："都是靠大家的帮助和上级领导的支持，黑油山 1 号井才顺利完钻出油的。"

李聚奎部长意味深长地说："不久前，有几位很有名气的地质专家到新疆考察，回到北京对中央负责石油工业的领导说：准噶尔盆地西北缘的石油都已经跑到地面上，地下不会有大量的油藏了。既然是这样，黑油山1号井又说明了什么呢？"

张文彬轻轻一笑，说："在这个问题上的分歧一直到现在还没有统一认识。1954年以来，我们的地质工作者进行了大规模的地质普查，得出的结论是：黑油山、乌尔禾属于准噶尔盆地北部地台区，这个地区的沥青丘、沥青脉和沥青砂岩露头，都是石油在盆地中心生成后汇集和运移过程中形成的。"

看了一下老领导，张文彬继续说道："丰富的油苗和液体石油连续冒，说明不是油藏没有了，而是地下油藏的大量聚集。我们分析，黑油山一带一定会有很好的远景。关于地质学上的理论，杜博民同志比我精通得多。让他再向您作详细汇报吧。"

杜博民连忙推辞说："你的汇报已经很能说明问题了。既全面又通俗易懂。部长到黑油山一看，就更清楚了。"

第二天，李聚奎就在张文彬、秦峰等人陪同下驱车直奔黑油山。

因为冰雪覆盖，李聚奎此次没能领略黑油山沥青丘的奇观，但不断涌出的黑油山油泉却让他心旷神怡。

看到油泉后，李聚奎信心百倍地说："黑油山区域的勘探一定要加快步伐，要多打探井！"

接着，张文彬和秦峰交错向李聚奎汇报了关于对黑油山展开钻探的计划。

此时，胜利完成黑油山 1 号井钻探的马骥祥正在做黑油山 2 号井开钻的筹备工作。

为了迎接李聚奎部长的到来，马骥祥召集钻井工人们集中在井场。

张文彬指着站在最前列的马骥祥对李聚奎说："这就是马骥祥，他带着青年钻井队在 1 号井奋战了 100 多天。现在，黑油山 2 号井的任务又压给了他。"

经过多日戈壁风吹沙打，马骥祥面庞粗犷，显得果断刚毅。

李聚奎仔仔细细地端详着马骥祥，又转过头，赞许的目光从张文彬、秦峰、杜博民、史久光、陆铭宝和列队的钻工们脸上一一扫过，最后停留在张文彬的脸上，风趣却又带寓意地说："多少人来过黑油山，都没有在这里立住脚。现在你们在这里打了 1 号井，还要打 2 号井、3 号井，今后还要打无数口井。你们是黑油山的'山大王'哩！"

一席话说得大家哈哈大笑。

此后，"山大王"一说在黑油山传开了。当黑油山 2 号井即将开钻时，张文彬握着马骥祥的手，高兴地说："你可要做好这个'山大王'啊！"

黑油山的命运不仅牵动着石油部领导的心，更牵动着党和国家领导人的心。

1956 年 2 月 26 日，毛泽东、周恩来等党和国家领导同志认真听取了石油工业部李聚奎、康世恩关于黑油山 1

号井钻探出油以及勘探开发前景的汇报。

在听取汇报过程中，毛泽东、周恩来等人不住地点头，还不时地发出爽朗的笑声。

是啊，日理万机的领导人们，此刻能抽出时间来听取汇报，可以看出他们对黑油山地区的勘探情况多么关注啊。

不久，毛泽东还接受了李四光赠送给他的一块来自黑油山的岩心。毛泽东收到这个礼物后，非常重视，谨慎地将那块岩心放进了他那沿墙而立、摆满线装书的硕大书橱里。

有了国家领导人的关注，有了石油工业部领导的支持，黑油山的工作进展更顺利了！

钻井队制伏井喷破冰山

1955 年 12 月，黑油山 2 号井开钻了。

钻探 2 号井，仍然由陆铭宝青年钻井队担任。这支队伍，除了具有吃苦耐劳、团结一致、连续作战的作风外，更有了 1 号井的钻探经验。

如果说钻井工人几个月前打 1 号井，是人与酷暑较量，打的是一场"热"仗；现在打 2 号井却要与严寒比高低，是名副其实地在打一场"冷"仗。

此时，正是数九寒天，黑油山的室外气温降到零下 40 度。远眺黑油山外，白茫茫天地间连成一片。

井场上实在冷得厉害，人的手一摸铁的设备，皮就会粘掉一块。

为此，队部经研究决定：一台锅炉保重点，供井台暖气。各岗位严格采取防冻措施，再冷也不能让钻机停下来。

就这样，在酷寒下，在青年钻井队队员的奋力拼搏下，2 号井在艰难地向下钻进。

1956 年 2 月，没有想到的事情发生了。当钻机钻到 500 米时，突然发生了水喷。

一瞬间，井口防喷器还没来得及关上，水柱已蹿上了高高的车台。

喷出的水柱像一条水龙，摇头摆尾，东蹿西蹦，在阳光照射下，银光闪闪，不消几个小时，一座40多米高的井架和钻机全被冻上，变成了一座冰塔。

　　2号井停钻了。

　　这对沉浸在1号井喜喷油流和盼望2号井出油的马骥祥来说，无疑是一个意外的打击。

　　此时，井场格外沉静。马骥祥望着眼前的冰塔骂开了：“要水时你没有水，不要水时你来这么多水！”

　　确实，在黑油山打井，常为生产、生活用水苦恼。工人们常常3天分一脸盆水，先洗脸后洗脚，最后再洗衣服。

　　钻井常为缺水停钻。一次，断了水的柴油机已经发烫，为了保证机器正常运转，钻工们不得不把自己分配的水一点点往柴油机里倒。

　　为了水，钻井队队上的一部运水车没日没夜地拉，常常顾了生产这头又顾不得生活那头。

　　一次，司机在拉水途中汽车水箱里没有水了，他和另一名工人只好把尿撒在水箱中，才算赶一段路到离河边不远的地方。

　　人有时实在渴了，只好喝有红虫子在里面的地面积水，喝后长时间腹痛腹泻，恶心呕吐。

　　一天，苏联专家从独山子返回，神秘地打手势招呼大家到板房里去干杯。没想到打开瓶子一品尝，才知道是清澈纯甜的自来水。有人高呼“乌拉”，但水瓶拿在手里却都舍不得喝。

如今，2号井喷出的水竟变成了一座冰塔，这自然使马骥祥有些气恼。

2号井水喷，所有领导、专家，所有同志都怀着同马骥祥一样的心情。

水喷当天，张文彬就赶到现场。马骥祥向张文彬汇报了水喷事故的发生经过，他焦急而沉重地请求说："这里的一切由我负责，要处理先处理我。请领导尽快考虑组织抢救。"

张文彬思索着说："事故是难免的，现在不是考虑个人得失的时候。我立刻组织专家和技术人员，你要配合尽快制订抢险方案，迅速制服井喷，恢复钻井。"

停顿了一下，张文彬拍着马骥祥的肩膀，低沉地说道："2号井和1号井同样的意义重大啊。"

紧接着，张文彬指兵点将。2号井水喷的第二天，一支由阿斯达非耶夫、潘年科夫斯基、王炳诚、张毅等人组成的中苏专家抢险组，来到黑油山，开始了长达近60个小时的抢险攻坚战。

经过分析，大家认为水喷形成的冰山沉重而坚硬，只有在"人字架"下端挖开一条通道直通钻台，才能抢装井口。

抢险方案一敲定，马骥祥既作为领导组织抢险，又作为队员参加抢险。

通道挖开了，人们看到水柱依然腾龙般地向上喷射。

"上！"陆铭宝勇士般地带领第一抢险组冲上去，但很快就退了下来。

马骥祥急红了眼，带领第二小组继续冲，情况又是如此。

第三小组也没能冲到井口。井下压力太大，根本无法接近井口，加之冰冷的水浸透棉衣棉裤，3 个抢险小组几个回合下来，小伙子们都难以支撑，寒冷和疲劳使他们躺倒了。

当时，马骥祥本应该回到自己的木板房，去烘烤一下湿透的棉衣棉裤，躺在被子里发发汗，可他却没有，在参与重新制订了第二天的抢险计划后，马骥祥向井队队员的地窝子一步一步走去。

探区副书记曹礼金阻止他："老马，你休息休息，明天还要工作呢。"

马骥祥停顿了一下，指了指低矮的地窝子说："他们也一样。"

说完，马骥祥回到自己的住处取出一瓶烈性酒，要另一个人扛起索索柴，踩着厚厚的积雪，直向钻工们的地窝子艰难地走去。

被冰水凉透了心的钻工们，看到一直和他们一样战斗在抢险一线的指挥马骥祥走进地窝子，激动得一个个翻身起来。

马骥祥把酒倒入杯中，一一送到钻工们的手里，然后，大声说："来，喝一口暖和暖和。"

索索柴添入炉中，炉中火光闪闪。杯中酒暖胸膛，地窝子里立即热闹了起来。钻工们争先恐后地总结抢救失败的教训，并下决心制服井喷。

第二天，钻工们先在老羊皮袄、毡筒、帽子上洒上水，让外表冻一层薄冰，防止冷水的渗入。

不知经过多少次战斗的马骥祥，又有了进入战斗状态的感觉。他带领钻工们一批批、一次次冲上去压井。撤下来，稍微喘息，再上。

曹礼金倒了下去，经过大家抢救脱险后，他又冲了上去。

陆铭宝倒下去，经过抢救脱险，体力稍微恢复又冲上去……

就这样，冲上去，撤下来，倒下去，爬起来……

第三天，这场长达60小时的水喷，终于被制伏了。震耳欲聋的水喷声戛然而止。

不甘寂寞的黑油山，再次催促着青年钻井队开钻，但是在开钻之前，必须清除井架上的厚冰。

井深是以米计算的。时间应该用什么来计算？马骥祥以前是用天来计算的。此刻，他用的是小时，一小时能钻进几米？他常常问自己。

眼前，在静寂中肃然矗立的是高达40多米的冰山，伟岸、刚毅。

马骥祥仰头向冰山顶端望去，眉头立即拧在一起，自言自语道："搬走这座冰山又是一场战斗。真是艰苦创

业百战多啊。"

于是，善打攻坚战的马骥祥，立即组织起了一场迁移冰山的战斗。

然而，"枪射""引爆"方案很快都失败了。

还是采用最简单的方法，那就是人工挖，但此方法效率却低得像蚂蚁啃骨头。

经过申请，从农七师农场调来一批劳改人员，帮助挖冰。但冰坚雪硬，一镐下去只落一个白点。一个星期下来，无撼冰山一角！

此刻，看上去，马骥祥神情自若。其实，他是心急如焚。他在心里盘算着，168小时过去了，如果正常开钻，该是多少米了啊？可对这冰山，还只能是蚂蚁啃骨头。这是让人揪心的事！

当时，独山子矿务局生产技术科副科长张毅被留了下来。他和陆铭宝领导的青年钻井队员一起，用铁锹一点点地挖冰。

可能因为老挖老撬的缘故，泥浆立管上边的固定卡子别断了。此时，张毅已经两天两夜没有睡觉了，头有点晕乎乎的。他刚走近立管，立管就迎面向他砸来。他往旁边一跳，20多米长的立管猛然倒地，被摔成两截。

周围的工人们吓得直吐舌头。

在张毅、陆铭宝等全体职工的苦战下，冰冻的2号井用一个多月时间终于抖掉了沉重的冰盔冰甲，傲然地屹立在戈壁滩上。

不久，在钻井队同志的辛苦努力下，黑油山2号井终于出油了。

当2号井出油时，陆铭宝等人想着奋战的这几个月，真是百感交集……

2号井是继黑油山1号井出油的，时间只是短短的几个月，这给石油工人带来了巨大的喜悦和无穷的动力。

四座钻井塔开钻构造带

1956 年，2 号井出油后，张文彬建议，召开一次小型钻井分析会。

会前，在黑油山钻探指挥部的木板房，张文彬与总地质师杜博民进行了一次至关重要的谈话。

会谈时，一张占据了一壁的"黑油山油储剖面图"悬在墙上，张文彬的手从 1 号井稳移到 2 号井标位，然后转过头来，看着总地质师杜博民说："按照我们的分析预测，南黑油山、南小石油沟、深沟底，是 3 个类型相似的含油构造。现在，这 3 个构造上的两口井都出油了。这个构造带有油是无可非议了。"

杜博民看着黑 1 井和黑 2 井的标位，像看着原油涓涓流淌的油井，他深情地说："是啊，走到这一步，是付出了努力的。"

张文彬离开剖面图，坐在只用几块木条钉在一起的摇摇晃晃的长凳上，点燃一支烟说："下一步，就要决定行动部署了。这两口井是不是可以说明，整个黑油山地区都含有储量？这是我们应该考虑的问题。"

杜博民惊异地看着张文彬，低声问道："你怎么会提这个问题？难道……"

张文彬摇了摇头，示意杜博民不要再讲下去。杜博

民停住话。张文彬接着说："我知道你要说什么，但我不是那个意思。下一步，如果要上黑油山，就要摆开阵势了。打一口探井国家要投入多少，这你知道。为了慎重起见，我们还是统一一下思想，免得走弯路嘛。"

听了张文彬的话，杜博民走近剖面图，用手沿着一条剖面缓缓移动。他说："你看，沿南黑油山向西向北深入到南小石油沟的构造与南黑油山的构造大体一致。黑油山向南一带油层应该是二叠系地层，石油生成后，沿着不整合面向上倾方向运移，储存在三叠系的地层里，再运移到较新的地层里，直到地面形成沥青丘、沥青湖、沥青脉。"

看了张文彬一眼，杜博民接着说："油苗与油源间预示着应有大规模油藏存在，油藏类型属地层超复型。这一点，我们有过统一的认识。我始终认为，黑1井和黑2井出油，除了其本身的意义之外，更重要的是，它们在很大程度上证明与其相邻的两个构造也是含油区。"

听完杜博民的论述，张文彬沉思了很长时间，直到手里的烟灼到手指。张文彬猛地甩掉烟头，像是自言自语，又像是征询杜博民："就是说，扩大勘探领域，可以以此为依据。"

杜博民全当是张文彬在问自己，便大声肯定地回答说："对！"

这次谈话，是智慧的凝聚，通过这次谈话，张文彬胆子大了起来，信心足了起来。

为了证实黑油山是不受背斜控制的构造带，在张文彬主持下，由专家参与修改了 1956 年勘探计划。计划决定在 20 公里构造带上打 4 口探井。

计划下达之后，独山子矿务局立即抽调 4 部钻机急赴黑油山。同时，接到命令的马长高、李世顺、魏子义、衣沙木提率钻井队如箭离弦，火速开进黑油山。

在任务分配中，马长高队向西打 4 号井，李世顺队向北打 7 号井，魏子义率队打第二个小石沟 8 号井，衣沙木提主阵打深底沟 18 号井。四路重兵列成一字形，在 20 公里构造带上拉开阵势。

很快，在 20 公里的构造带上，4 座钻塔拔地而起，黑油山地区开始了一场前所未有的大会战，旷世亘古的戈壁荒原上再次响起了震耳欲聋的钻机声。

黑油山再传出油捷报

1956 年，这是中国石油工业编年史上十分重要的一年。同时，这一年更是比较特殊的一年，已经是春天了，但是荒漠戈壁零下 42 度的气温一直持续到 3 月。

在这种温度下，柴油机很难发动，这直接影响到钻井的进行。

机械师裘福民急中生智，用两个油桶焊接了一个一寸的闸门，接上胶皮管，烧热到一个大气压给机器加温。

这种加温方法在几个井队推广开来，暂时解决了柴油机启动问题。

幸好只是"乍暖还寒时"，天气终于渐渐转暖了。

马长高钻井队以最快的速度完成了 4 号井进度，李世顺、魏学义、衣沙木提队也进入了钻井生产正常运作的黄金时期。

4 个工地的进展情况，牵动着很多人的心，他们翘首以待，等待着 20 公里大剖面上爆发出一个爆炸性消息。

"4 号井明天开始电测。"马骥祥按捺不住内心的激动，托人把这个消息带给在另外一个井队蹲点的秦峰。

还没等到第二天，秦峰就来到 4 号井。

马骥祥看到风尘仆仆的秦峰，知道他又是步行几公里来的，不免一阵不安。不管怎么说，秦峰也是人到中年了，只要不是太急的事，他从来都是徒步行走于井队之间。

秦峰一副乐天派的神情，用大家都熟悉的声音哈哈大笑一阵，没有一点疲顿的样子。笑过之后，他接着说："就盼着装上电话。有了电话我就不用这么急了。部长助理康世恩一行人已经到了独山子。明天要到这里来视察，张文彬总经理让我们做好准备工作。让大家清理清理井场。别忘了，多准备点水。"

马骥祥高兴地说："4 号井电测，部领导视察，这是'双喜临山'嘛！"

1956 年 4 月 24 日，这一天天高云淡，风和日丽。中午时分，3 辆吉普车扬起浓浓的烟尘，从远处向黑油山疾驰而来。车上是康世恩率领的石油工业部工作组和苏联专家安德列克。

载着康世恩和张文彬的车缓缓停在黑油山脚下。康世恩走下车，微眯起双眼，向黑油山望去。

黑油山沉默着，以它袒露着的沥青丘，证实着它厚重而沧桑的久远历史。

关于黑油山的传说，康世恩听说了不少，都有传奇色彩。如今黑油山自溢油泉展现在眼前，当看到平静的油泉中央，泉眼不时地涌出股股原油，带出串串轻盈的气流咕咕作响的时候，康世恩的眼中顿时射出一束惊喜奇异的光亮。

这情景，张文彬一一看在眼里。他非常理解康世恩的这种心情。初次登上黑油山，他也曾有过同样的惊异、惊喜。

是啊，黑油山，苍莽壮观的沥青丘，这平静如镜的自溢油泉，给渴盼石油的寻油人以多少喜悦、多少希望、多少信心啊！

良久，康世恩感慨万千地说："真是百闻不如一见啊！这哪里是什么传说。油就是自冒自溢的嘛！"

说完，康世恩又问随行的其他同志："怎么样，此行大开眼界了吧！"

围站在油泉四周的其他同志看着倒映在平静池面上的身影，也禁不住你一句我一句地议论着。

走下黑油山自溢油池，看过正在开采中的黑1井之后，康世恩一行人来到黑油山4号井。此刻，4号井正在试油。

然而，对4号井的电测解释并不那样乐观，最直观的说法是：原预测的油层有可能是水层。

张文彬听了汇报，在油泉边的好心情顿然消失。这消息也让马骥祥"双喜临山"的激动荡然无存。

此时，康世恩表现出非凡的气度。他微笑着宽慰包括马骥祥在内的所有干部职工说："在这块荒无人烟的地方打成一个剖面，已经是战果辉煌了。即使4号井出的是水不是油，也不能说没有成绩嘛。"

接着，康世恩要求马骥祥做好准备，返回独山子研究勘探开发布置方案。

此时此刻，马骥祥知道，康世恩、张文彬、秦峰、杜博民，以及所有关心 4 号井的人都和他一样，处于难言的失望、失落之中。因为当时关于"黑油山是否是油海"的争论并没有结束，4 号井到底是水是油，不在这口井本身，它关系着勘探开发的大局，关系着全局统一认识，关系着下一步勘探开发部署的定位。

4 号井的成败，在马骥祥这个一线指挥身上的压力重过任何人。

于是，马骥祥调整了情绪，对康世恩说："请康部长助理先走吧。4 号井不会是这种结果，你们先走一步，一有好消息，我立即返回独山子向大家报告。"

就在大家失落万分的时刻，仅仅几小时之隔，黑油山 4 号井发生了戏剧性变化。15 时，浓黑的原油像泉一般涓涓流淌而出。

这变化实在是令人欢愉、令人头晕目眩、令人手舞足蹈了！马骥祥高兴得忘乎所以，继而围着油井看也看不够似的转了起来。

此时，他甚至忘了对康世恩许诺的"有了好消息立即返回独山子向您报告"的诺言。

驾驶员张良在一边提醒他，催促他迅速上路，马骥祥才取了两瓶原油油样，跨上张良发动多时、等候他上车起步的"嘎斯 69"吉普车。

一路疾驰赶回独山子的时候，天已经大黑了。马骥祥首先去找张文彬，却没找到，秘书说："总经理被孙燕

文叫走了。"

原来，黑油山 4 号井油水难卜的消息传到独山子，传到当年石油师的老兵，如今在祖国边陲独山子油矿奋战的孙燕文耳中，他断定，张文彬一定是急火攻心。对远在黑油山的 4 号井，他助不了一臂之力，但给张文彬消消火，还是可以做到的。为此，他煮好一大锅绿豆汤，特地到办公室来找张文彬。

一碗绿豆汤下肚，张文彬想起 4 号井，刚想对孙燕文说点什么，就听到有人敲门。

马骥祥一步跨进屋，风尘仆仆地站在张文彬面前，手里高高举着两瓶 4 号井油样，仍是兴奋不减地说："出油了！4 号井是油井而不是水井。"

张文彬先是一愣，随后接过油样举至眼前，像是不相信自己的眼睛似的，看看马骥祥，又仔仔细细地端详着瓶中乌黑的油样，足足有半分钟。

这太意外、突如其来的变化使张文彬一下没醒过神来。他兴奋地说："太好啦，果真是油啊！真是油层，黑油山的确有不受背斜控制的油藏，4 号井就是强有力的证明！"

张文彬说完，在马骥祥前胸击了一拳，亲切地说："山大王，真有你的！"

马骥祥站在一边，他想到，近一年的辛苦使千百人的梦想成真，他欣慰地笑了，笑得自然、满足，充满自豪，充满希望。

张文彬突然想起什么，冲着马骥祥说："还愣在这干啥，赶快给康世恩部长助理报喜去嘛。"

此时，刚刚进来的傅绥生无拘无束地对张文彬说："首长就是有能耐，走到哪里，哪里就能打出油来。"

张文彬指指傅绥生，半认真半开玩笑地说："你这个小鬼，咱们上有石油部的正确领导，下有干部职工的共同努力，功劳可不能归功于哪一个人啊。走走走，向康世恩部长助理报喜去！"

此刻，和张文彬一样兴奋的还有很多人，"4号井是油井不是水井"的消息迅速传遍整个新疆油田。

同时，4号井的出油也给关于黑油山前景的大辩论提供了有力的证明。黑油山是油海，不是油杯！

地质队不断扩大勘探范围

1956年4月26日，一个阳光明媚的早晨，在新疆石油公司驻地乌鲁木齐明园，张文彬静静地守候在明园大门的石狮旁边已经多时了。

不久前召开的紧急会议，决定成立由他亲自带队，有总工程师史久光、地质师张恺等8人参加的地质队，沿准噶尔盆地去踏勘。

此次勘探，张文彬形象地说这是"撒大网、捕大鱼"。

当时，中国对石油的需求太强烈了。一位诗人曾经这样写道：

假如没有石油，
简直难以想象，
飞机张不开翅膀，
军舰驶不出海洋，
火箭不能发射，
汽车停在路上，
拖拉机成为废铁，
马达停止了歌唱，
国民经济瘫痪，

就像害了贫血一样。

石油在世界政治、经济生活中的地位，太重要了。朱德不止一次地对担任石油工业部主要领导的康世恩说："没有石油，飞机、坦克、大炮不如一根打狗棍。"

此时，年轻的共和国将石油资源开发摆在任何重要位置都不过分。共和国经济发展的血脉里急需石油资源！而发展新中国石油工业，唯一的出路是扩大勘探领域，寻找大油田！

此时，张文彬即将带着这支队伍出发，他的心情是沉重的，也是急迫的。

也许是昨晚会开得太晚了，大家都起晚了，兴许是张文彬出发心切，他觉得已经在石狮边等候多时了。

抬腕看看表，张文彬自嘲地笑了笑，并非其他同志迟到，而是自己来早了。

张文彬向来就不是一个喜欢睡懒觉的人。就是想睡，他肩上的担子，一项接一项的任务，一个又一个工作日程也不允许他睡。来到新疆石油公司，张文彬每天 24 时以前就没睡过觉。

此时此刻，站在明园石狮旁的张文彬，正为实施"撒大网、捕大鱼"思索。他想到就要率队出征准噶尔盆地，信心和勇气倍增。

突然，一辆"嘎斯 69"吉普车在他身边刹住车轮，只见张良只身从车内走出。

张文彬纳闷地问："其他同志呢？"

张恺一指公路对面：在斑驳的树荫中，一辆"嘎斯51"汽车上，另几位随他一起出征的同志已经等候在那里了。

张文彬让张良把车开到公路对面，自己则向树荫走去。

车下是前来送行的公司其他领导，大家争相与即将出征的同志握手言别。

王其人一边与张文彬握手，一边满含深情地对他说："等着你的好消息。相信我们一定会在准噶尔盆地找到大油田。"

张文彬用力握了握王其人的手，满怀信心地说："不在准噶尔盆地找到大油田，死不瞑目！"

这话并非一般信誓旦旦的豪言壮语，它出自张文彬之口，一定要在准噶尔盆地找到大油成为他生命中的既定目标。为了实现这一目标，他甘愿吃苦，奉献一切，包括生命！

队伍出发了，"嘎斯69"吉普车打前站，五彩湾是踏勘队的首站。

很快，前方五彩湾在即，黑、白、黄、赤、青重叠交错的五色土高低不平、连绵起伏地映入视线，而视野的另一侧，是广阔的戈壁。戈壁上，黄羊在成群地奔跑。

张文彬被这奇特的景致吸引，他请驾驶员停下车来，下车俯身捡起一块光滑如玉的赤色石块，握在手中，说：

"过去我们搞勘探是'溜边转，找鸡蛋，见了油苗就开钻'，现在，我们要迅速打破落后、保守的勘探方法，甩开膀子大干，撒出去大网，捕捉到大鱼。"

听着张文彬的话，随行的同志们都开怀大笑起来。

这无疑是一次艰难的大行动，在勘探途中，勘探队的同志们忍着饥饿干渴，风餐露宿30多天，足迹踏遍准噶尔盆地，包括玛纳斯、五彩湾和三塘湖地区。

在踏勘过程中，张文彬等人发现这些地区均有侏罗系露头和油苗显示，而五彩湾的油苗再次让人判定准噶尔北部广大区域内有着广阔的勘探开发前景。

这次准噶尔盆地踏勘，为"撒大网、捕大鱼"奠定了基础。

全国支援黑油山夺油大会战

1956 年，石油工业部领导李聚奎、周文龙到新疆石油公司检查工作。

在乌鲁木齐市与新疆省人民政府副主席赛福鼎·艾则孜谈话时，赛福鼎·艾则孜高兴地说："黑油山维语叫克拉玛依，在新疆维吾尔自治区发现的油田还是叫维吾尔族的名字为好，这样听起来使人更亲切。"

于是，新疆石油公司决定将黑油山油田改名为"克拉玛依油田"，从此，这个像诗一样的名字就取代了黑油山，成为中国油田中的一颗新星。

与此同时，为了迅速贯彻落实"撒大网、捕大鱼"的勘探方针，在新疆石油公司党委第二次全委会上，与会代表讨论并通过了《黑油山地区钻探总体设计》。

根据张文彬的"勘探开发实现战略转移，全力以赴支援黑油山"的统一部署，代表们形成了"调动一切力量，确保黑油山勘探"的共识。

会后，独山子矿务局党委提出"紧缩独山子，大上黑油山"的号召，顿时，1160 多位各族干部职工放下手中的工作，全力以赴奔赴黑油山，投身到那里的勘探开发大会战之中。

为了支援克拉玛依油田的快速发展，全国的支援行动也开始了。

5月14日，《人民日报》发表文章，号召全国人民"迅速支援克拉玛依油区"。

9月5日，《人民日报》发表社论《支援克拉玛依和柴达木油区》，从交通运输、机械修理、通讯联络、房屋建设、主副食品、日用百货和医疗保健等6个方面提出了具体支援内容，要求"各方面给予必要的支持"。

在中央的关心和号召下，国务院动员了13个部门的力量支援克拉玛依。

全国有16个省、市的35个城市的工厂、企业为克拉玛依加工制造设备器材。

当时，各个企业只要一听说克拉玛依有需要，全单位就纷纷争着为克拉玛依油田服务。

很多情况下，要帮忙的单位为了提供更好的服务，在得知自己的单位能够为油田服务时，该单位就会派出单位干部和技术人员到油田实地考察，看油田到底需要什么样的产品帮助，由技术人员当场记下油田对产品的要求。然后，回到本单位后，单位领导组织人员在技术人员的指导下，抓紧完成油田需要的产品。

一次，克拉玛依油田急需一批螺丝，而这种型号当时在国内因为使用少，故没有生产。临时组织生产或是从国外进口都会影响工期。

此时，山东有一家农用机械厂刚好有这种型号的螺丝，此时正要使用。但听说克拉玛依油田需要后，厂党委书记立刻拍板决定，把这批螺丝送到油田。

为此，该厂还专门调派了一辆车，派上 4 个专门人员把这批宝贵的螺丝送到油田，保证了油田工期的正常进行。

同时，有关部门还组织从苏联、民主德国、罗马尼亚、捷克斯洛伐克、波兰、匈牙利六个国家为克拉玛依进口设备和配件，并陆续运到油田。

仅仅两个月的时间，1000 多吨各类器材、物资源源不断地运抵克拉玛依。

国家和石油部门从玉门、延长、四川等油矿和鞍山等地抽调钻井等专业队伍、技术职工、统一分配的大中专毕业生，以及由上海、四川、湖南、湖北等地招收的知识青年，一批批地来到克拉玛依。

与此同时，仅中央军委指令转业、复员的解放军官兵就有：

北京军区 2043 名复员军人，其中 1078 名组成 37 个钻井队的石油钻探团；

人民志愿军二九五部队 1700 名官兵；

人民志愿军五一一医院 304 名医护人员；

济南军区 3000 名转业官兵；

南京军区 1200 名退伍军人……

1956 年年末，在黑油山地区进行钻探的井队已有 26

支，会战职工达到 5000 多名。

当时，帐篷供不应求，地窝子来不及挖，职工们沿着山边、沟底低洼避风的地方用索索柴搭起支架，用一张帆布篷支起简单的窝棚栖身。

有的干脆天当被地当床，就地睡在地上，形成一片露天基地。

一次，一位初次到黑油山运送物资的驾驶员，开车围基地转了几周之后，向钻工们询问："黑油山大街怎么走？"

钻工们面面相觑，不明白"黑油山大街"的含义。当得知车上的物资是送给自己所在井队的时候，他们恍然大悟，哄堂大笑说："你是找黑油山大街呀？你看，你已经从大街上走过来了。"

克拉玛依油田所在的新疆，在支援油田建设上更是不遗余力。

早在 1956 年 5 月 4 日，新疆维吾尔自治区党委就发出指示，要求全疆各级党组织、地方政府、兵团和各族人民支援克拉玛依油田建设。

为此，自治区还专门成立工作组，组织各单位抽调584 辆汽车，帮助抢运积压在口岸的 1.5 万吨石油设备和器材。

同时，新疆有关部门还动员 3000 多名劳动力，为油田突击修筑公路、厂房和住宅。

令石油工人难忘的还有，塔城地区调来 1000 多峰骆驼为克拉玛依驮运烧柴。

当浩浩荡荡的驼队响着"叮咚、叮咚"的驼铃从钻塔、油井旁缓缓经过时，各族石油工人无不眼含热泪，把这深深的情谊化作感激和力量，倾注在每一口油井的钻凿和开发中。

对于全国人民的支援，石油工人永远不会忘记。在一次会上，秦峰曾动情地说：

全国各个地方对克拉玛依油田建设的支持，我们会永远铭记在心。

在全国的支援下，黑油山地区 21 口探井和生产井迅速投入试采，一场夺油大战开始了。

克拉玛依走向全中国

1956 年 5 月 29 日，张文彬和杜博民带着黑油山乌尔禾的钻探成果，以及"扩大准噶尔盆地勘探领域"的规划，来到入夏的北京。

此时，石油工业部正在筹划召开"克拉玛依油田诞生"庆祝大会。

张文彬和杜博民的到来，为第二天召开的庆祝大会带来了遥远的克拉玛依油田的信息。他们两人将要参会的信息，很快在北京相关部门传开了。

为了亲耳听到张文彬对克拉玛依石油勘探情况的介绍，北京石油学院的师生们特地从郊外赶来。会场洋溢着喜庆的气氛。

庆祝大会开始后，当主持会议的勘探司司长唐克将张文彬和杜博民介绍给与会石油部机关干部、专程赶来的北京石油学院学子们时，会场里响起经久不息的掌声。

主席台上的张文彬一次次起身，向为他们鼓掌、为他们欢呼的同志们鞠躬。

张文彬对着麦克风，想对他们的热情致以感谢，然而，话刚刚出口，便被更加热烈的暴风雨般的掌声淹没……

张文彬和杜博民的内心激荡着前所未有的感情的潮汐。

他们真切地感受到，远在千里之外的克拉玛依油田，与京城，与960万平方公里的华夏大地，一脉相连，息息相关！

此时，主持人唐克不得不站起身来，向无比兴奋的观众扬臂示意。

顿时，千人会堂安静下来。

唐克看着张文彬二人不无自豪地说："他们是来自勘探开发最前线的英雄……"

掌声再次响起。

张文彬站起身来，向鼓掌的部领导和其他与会同志深鞠一躬，铿锵有力地说道：

> 我不是英雄，那些战斗在荒凉戈壁上的各族石油职工才是真正的英雄。我代表他们感谢部领导，感谢同志们对我们的鼓励。我可以向大家宣布：克拉玛依是一座很有发展希望的油田，但是，也是一个很艰苦的地方。战斗在那里的全体干部职工有信心、有决心战胜一切困难，创造出奇迹，为祖国找到油田！

同一时刻，远在新疆石油公司的机关干部、独山子矿区局的炼化工人、黑油山下的钻井工人们，聚集在高音喇叭下、收音机旁，聆听无线电波传出的熟悉的声音。

这一天，张文彬应邀走进中央人民广播电台播音大厅，向全国人民报告克拉玛依油田如火如荼的石油勘探开发大会战的盛况，介绍克拉玛依油田的发展前景。

在介绍时，张文彬的声音清晰洪亮，欣慰中不乏激情，沉稳中迸发着坚定。他用简洁而练达的词语，向全国人民描绘着远在西北边陲的克拉玛依油田无限美好的明天。

张文彬的报告随着无线电波，似宣言，似号令，似火种，迅速传遍城市、农村、工厂、矿山，传遍全中国。

从此，一批批知识分子、转业军人、有志青年告别城市，告别亲人，告别校园，踏上西行的列车。

此后，在全体工人的奋力拼搏下，克拉玛依油田喜报不断，油田面积不断扩大，油田产量节节上升。

很快，克拉玛依油田打探井 32 口，钻井进尺 2.8 万多米；投入试采井 21 口，采油 1.64 万吨。

1956 年 9 月，在中国共产党第八次全国人民代表大会上，石油工业部李聚奎部长在发言中宣布：

> 新疆维吾尔自治区的克拉玛依油田，面积达到 130 平方公里，储油面积还在扩大，可采储量一亿吨以上。

至此，克拉玛依取得了巨大成功！

1956 年 10 月 1 日，在庆祝中华人民共和国成立 7 周年的游行队伍中，一辆标有"共和国成立后发现的第一座大油田——克拉玛依油田"的巨大模型车，缓缓驶向天安门广场，驶过神州第一街。

毛泽东、周恩来、刘少奇、朱德等领导人向它挥手，游行群众注目向它欢呼。

"克拉玛依"，一个流动着黑色血液的名字，一个浸透各族职工血汗、凝聚着新中国陆上石油工人坚强意志的名字，光荣而又辉煌地镌刻在中华人民共和国版图上！

不久，一曲《克拉玛依之歌》传遍祖国大江南北。从此，克拉玛依油田蜚声中外。歌词唱道：

当年我赶着马群寻找草地

到这里勒住马我瞭望过你

茫茫的戈壁像无边的大海

我只好转过脸向别处走去

…………

今年我赶马又经过这里

遍野是绿树高楼红旗

密密的油井无边的工地

我赶紧催着马

向克拉玛依走去

啊克拉玛依

我多么喜爱你

你那油井像森林红旗像鲜花

…………

啊克拉玛依

我爱你

本书主要参考资料

《国史全鉴》 本书编委会编 团结出版社

《共和国五十年珍贵档案》 中央档案馆编 中国档案
　出版社

《共和国经济风云》 赵士刚主编 经济管理出版社

《中国现代史资料选辑》 彭明主编 中国人民大学出
　版社

《共和国开国岁月》 张国星 何明著 中共党史出版社

《风云七十年》 郭德宏主编 解放军文艺出版社

《共和国血脉》 李娟著 新疆人民出版社

《老兵的脚步》 张文彬主编 石油工业出版社

《石油摇篮》 本书编委会编 甘肃人民出版社

《中国石油地质志》 翟光明主编 石油工业出版社

《石油师人——在新疆油田纪实》 新疆油田编委会编
　石油工业出版社

《瀚海丰碑》 中共克拉玛依市委员会史志办公室编
　新疆人民出版社

《石油师人——在玉门油矿纪实》 玉门油矿编写组编
　石油工业出版社

《石油城：玉门油矿矿史》 玉门油矿矿史编委会编写
　甘肃人民出版社